NOTAS DE LIBERDADE

Este livro segue o Novo Acordo Ortográfico de 1990.

Diretora-executiva
Renata Sturm

Diretor Financeiro
Guther Faggion

Administração
Alberto Balbino

Preparação
Luiza Thebas

Revisão
Nathalia Ferrarezi

Projeto gráfico e capa
Caio Cardoso

Imagem de capa
Phellipe Wanderley

Marketing e Comunicação
Matheus da Costa e Bianca Oliveira

DADOS INTERNACIONAIS DE CATALOGAÇÃO NA PUBLICAÇÃO (CIP)
ANGÉLICA ILACQUA — CRB-8/7057

Elboni, Fred
Notas de liberdade / Fred Elboni.
São Paulo: Maquinaria Sankto Editora e Distribuidora Ltda, 2025.
240 p.
ISBN 978-85-57171-80-0
1. Crônicas brasileiras I. Título
25-4588 CDD B869.8

ÍNDICE PARA CATÁLOGO SISTEMÁTICO:
1. Crônicas brasileiras

maquinaria EDITORIAL
Rua Pedro de Toledo, 129 – Sala 104
Vila Clementino – São Paulo – SP, CEP: 04039-030
www.mqnr.com.br

FRED ELBONI

NOTAS DE LIBERDADE

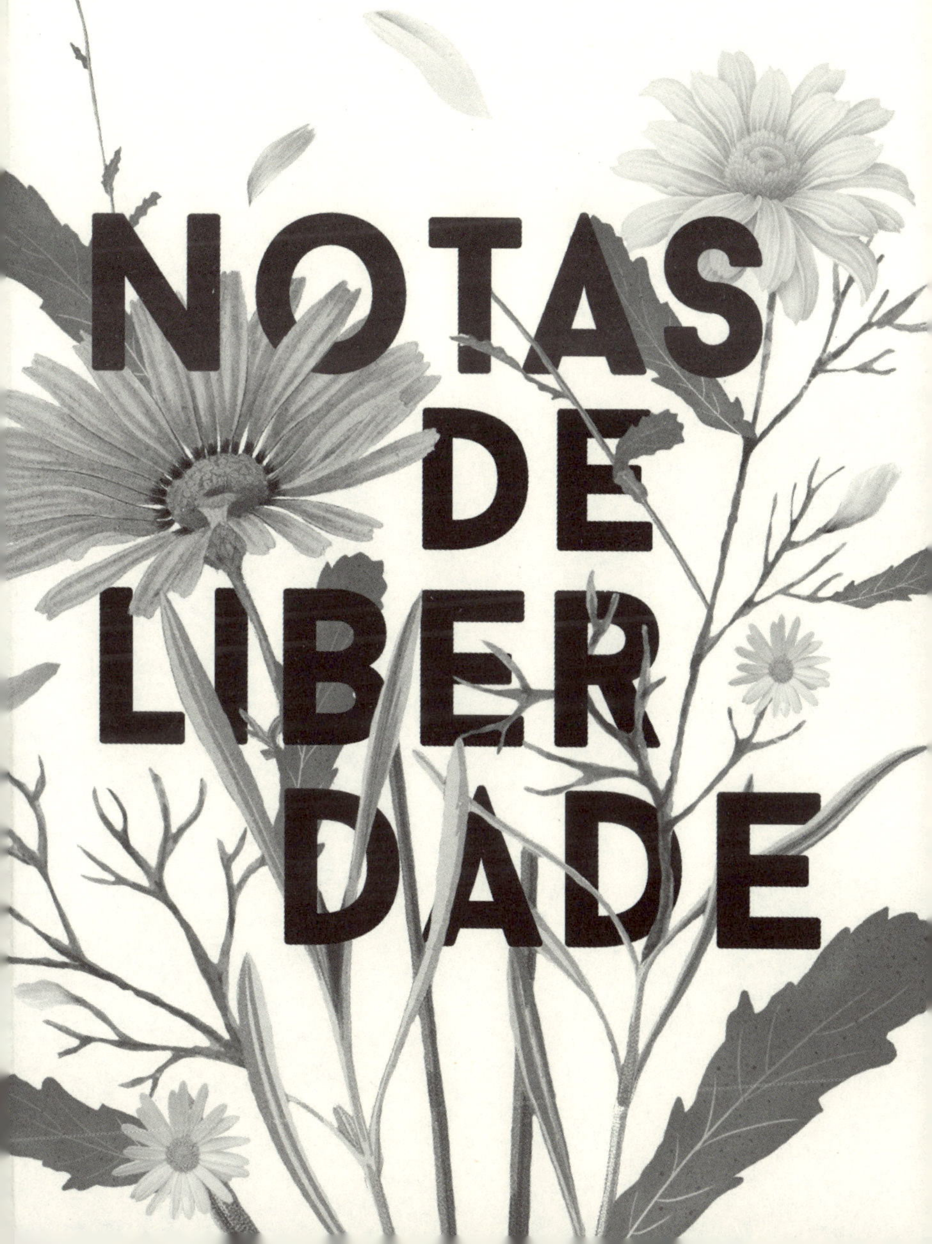

Aos meus leitores, à minha família
e a todos que dividiram comigo
seu tempo e suas histórias.

AGRADECIMENTOS

Às vezes fico pensando, sozinho, sobre o quanto amo o que faço. E amo de verdade – pasmem, existem pessoas que conseguem amar de mentira –, faço com carinho, me emociono; sinto saudade de um texto assim que coloco um ponto final nele (ainda que eu saiba que isso significa a possibilidade de um novo texto).

E, a cada nova obra, a minha lista de agradecimentos só aumenta: em primeiro lugar, e sempre, agradeço aos meus leitores, com quem construí amizades verdadeiras. À maneira como eles interagem comigo e como estamos pincelando uma trajetória linda juntos. Sim, juntos! Porque não existe escritor sem leitores, que se emocionam, riem, criticam (por que não?) e se abrem a cada página. Agradeço também à minha família, que sempre me apoiou nessa minha opção maluca de querer escrever os meus devaneios enquanto os meus amigos se formavam médicos, advogados, engenheiros e todas aquelas profissões que as mães sonham para os seus filhos. Agradeço ainda às minhas editoras, que sempre captam a minha essência e me ajudam a organizar os meus pensamentos mais confusos. Às pessoas que conversam comigo nas ruas, em lugares públicos e me contam as suas histórias, sejam elas melancólicas, felizes ou divertidas, sem medo dos julgamentos alheios. Ver as pessoas se abrindo assim comigo é algo que me
faz sentir realizado.

As nossas histórias, as minhas e as suas, leitores, deram vida às personagens desta obra. Espero assim retribuir tudo o que recebi de vocês e que, em grande medida, me faz ser o escritor que sou hoje.

MARIANA

Cadê meus óculos?

Eu nasci de óculos. Ou quase isso. Digo isso porque não tenho muitas lembranças de como é ser uma menina sem óculos. O meu primeiro tombo de bicicleta, o meu primeiro beijo, o dia em que eu descobri que não gostava de chocolate, ao contrário do resto da humanidade, o meu segundo beijo – e, consequentemente, o dia em que descobri que beijar realmente podia ser bom –, o dia em que descobri que o Pedro havia se transformado em outra pessoa... Enfim, em todas as minhas melhores – e piores – memórias, eu sempre estava acompanhada pelos meus óculos. Minha mãe, dona Tânia, me disse que uso óculos desde que tinha nove meses. E confesso que tenho um certo orgulho disso, me sinto, sei lá, descolada. Porra, eu já era diferente desde os nove meses!

Esses dias, vendo umas fotos antigas – sabe aquelas saudosas, mas que não são merecedoras de um porta-retratos? –, me lembrei de como, quando criança, eu era miúda e tinha uma cabeça desproporcional ao corpo. Sério, eu parecia um Playmobil! Além disso, sempre fui um pouco desengonçada;

andar sem derrubar as coisas nunca foi o meu forte. Ainda mais hoje, sendo um pouco mais alta que o convencional (mas pelo menos, com o tempo, a proporção entre o tamanho do meu corpo e o da minha cabeça ficou mais equilibrada). Ah, e acredite se quiser, eu já usava óculos de hastes coloridas naquela época! Me lembro de como eles eram pequenos e bonitos, mesmo que sempre remendados; eu costumava sentar em cima deles sem querer ou os deixava cair no chão enquanto corria de forma agitada e sem medo das aventuras e loucuras que estavam por vir. Sério, vendo as fotos desses óculos, me senti muito vanguarda. Ser uma criança de óculos coloridos e, por isso, estilosa é sempre algo de que devemos ter orgulho! Ainda mais quando se é aquariana como eu...

Quem, como eu, precisa de óculos para enxergar sabe da relação de amizade que existe ali. Acordar, tatear o criado--mudo ao lado da cama e sentir que meus óculos estão por ali, a meu alcance, é sempre um alívio enorme. É como se eu estivesse em apuros, ligasse às pressas para um amigo querido e ele atendesse antes do terceiro toque! Ufa, que bom que você atendeu! E, sinceramente? Eu não me importo nem nunca me importei em usar óculos. Mesmo. Uso até hoje. E, acredite se quiser, alguns caras dizem que fico bonita de óculos. E, claro, como não sou besta, acredito sem duvidar de que seja verdade. Sou bonita e pronto!

Na minha época, as crianças de óculos nunca eram as mais normais. Principalmente as que precisavam usá-los o tempo todo. Como praticar esportes sem óculos se assim os objetos brincavam de ser enormes borrões? Como fazer qualquer coisa divertida se, a todo momento, precisávamos parar aos berros de: “Esperem, meus óculos caíram!”. Mas tudo bem, convenhamos que nada que é muito normal é tão legal assim. A normalidade cansa.

O que eu frequentemente costumava ouvir era “nerd”, “quatro-olhos”, “zarolha”, “fundo de garrafa”... Ganhei tantos apelidos que, se me perguntarem agora, com certeza não me lembraria de todos. Principalmente quando precisei usar tampão. Eu não entendia por que os meus colegas do colégio pensavam que estavam me magoando quando me chamavam de “pirata”. Porra, quem não gostaria de ser um pirata? Quem não adoraria ter um navio inteiro para si?!

Apesar da zoeira, essa foi uma fase divertida! Eu usava tampão porque nasci com um pouco de estrabismo. Os meus olhos não eram completamente tortos, mas, não sei por que cargas-d’água, o meu olho esquerdo resolveu ter uma leve inclinação para cima. Nunca entendi o porquê dessa vontade louca dele de querer sair do meu rosto. E quando perguntava para a minha mãe por que tinha nascido assim, ela sempre dizia que meus olhos queriam ficar juntinhos. “Quem disse que os olhos também não podem amar?” E eu acreditava. Eu tinha seis anos, ok?! Na verdade, o estranho não era eu acreditar nessa linda história de amor entre olhos incompreendidos, mas ouvir a minha mãe, que nunca foi a pessoa mais amorosa do mundo, dizendo isso. Surpresas. Por fim, o médico disse que eu usaria o tampão para treinar a vista e fortalecer os músculos dos meus olhos. E, todo dia, logo pela manhã, minha mãe mudava o olho em que eu usava o tampão. Santa paciência!

Usei tampão por anos, recebi apelidos engraçados (embora não considere ter sofrido bullying) também por anos, mas nunca quis deixar de usar meus óculos. Vejo muita gente por aí se sentindo feia ou sem paciência de usar óculos diariamente, mas eu me sinto tão bem, tão segura com eles. Sabe quando você se olha no espelho, com os olhos apertados, pois não consegue enxergar, e não se reconhece sem óculos? Como se você fosse outra pessoa, como se o mundo não fosse exatamente o mundo em que você vivia segundos antes? Maluco, mas é assim que me sinto quando tiro os óculos todos os dias pela manhã para lavar o rosto; uma nova personagem no mesmo corpo de sempre! Isso porque nem comentei a dificuldade colossal de conseguir me maquiar de óculos. Haja rímel e paciência!

Rever fotos da infância é algo que sempre me diverte, mesmo quando me faz lembrar de que eu parecia um Playmobil; perceber a melhora é tão saudável e motivador haha! Pelo menos os meus óculos eram descolados e coloridos, pelo menos isso, não é, Mariana?! De qualquer forma, ver fotos que estavam guardadas em gavetas que quase ninguém abria me fez lembrar de coisas que hoje contam muito sobre o meu passado... A única coisa triste, tristíssima, na verdade, é que tenho que admitir que, infelizmente, nunca consegui me tornar uma pirata.
E olha que eu tentei.

Brincadeira...

Ok, uma única vez.

Eles não vão mudar...

"O seu filho é gay!", o meu pai gritava da cozinha para a minha mãe, que estava deitada no quarto vendo algum programa besta na televisão. Me lembro dessa cena como se fosse ontem, eu tinha uns dezessete anos e meu irmão, dezesseis. Meu pai com seus chinelos, que já o acompanhavam havia anos, sem camisa, com uma bermuda curta, daquelas, como ele costuma dizer, "de ficar em casa", com um copo de água na mão, esbravejando – como se adiantasse algo –, pedindo "socorro" para a minha mãe ao descobrir que o Rômulo é gay. E pior, quando gritava, insistia em dizer "seu" filho, como se o filho não fosse dele também. Típico do meu pai se afastar dos problemas com os quais, por ignorância, não sabe lidar. Caso um de nós fizesse sucesso ou aparecesse em algum programa de televisão, era mérito dele, que nos criou. Caso um de nós saísse de algum padrão medíocre da sociedade, ouviríamos que essa não era a educação que ele nos tinha dado. Dogmas, teorias, coisas do meu pai... Apesar do cuidado que ele sempre teve conosco, era triste ver a falta de inteligência dele para enfrentar situações que, mais do que pulso firme, pediam sensibilidade. A falta de cabeça aberta, de vontade de aprender, de entender que as pessoas não são objetos que a gente coloca em caixinhas e determina como serão.

Apesar de nunca ter nos faltado nada, meus pais sempre foram muito ausentes. Meu pai um pouco mais, pela natureza de seu trabalho, que o obrigava a viajar muito. Mas, mesmo se ele tivesse tempo, acredito que não se interessaria tanto pelo meu universo. Para dizer bem a verdade, acho que ele não sabe a minha comida preferida, se tenho mais medo de andar de avião ou de navio, ou se sou destra ou canhota. Na verdade, ele nunca se interessou em saber quem eu realmente sou, ele só queria que eu fosse o que ele esperava e ponto. Como se eu não tivesse vontade própria, como se não existisse algo maior pulsando dentro de mim.

Logo após a discussão, triste pelo meu irmão, pela atitude do meu pai e pelo silêncio da minha mãe, fui até o meu quarto e fiquei repassando várias coisas que foram ditas. Eu não tinha ninguém com quem dividir meus pensamentos, então costumava fazer monólogos. Qual era o problema de o meu irmão ser gay? Por que tantas regras se o pré-requisito é só amar? Será que os meus pais e os outros, que tanto julgam a alegria do meu irmão como extravagância e a condenam, sabem do sofrimento que há dentro dele? Essas perguntas que, para mim, eram tão óbvias e necessárias, para eles era uma questão insolúvel, inaceitável, uma – pasmem! – desonra para a nossa família. Quanta besteira!

Desde criança, essa coisa de família sempre foi algo complicado pra mim. Não sou de falar muito com o meu pai, e a minha relação com a minha mãe também não é das melhores. Nunca nos demos muito bem. Sempre tivemos opiniões diferentes, e, com a cabeça dura que eles têm, nunca houve renúncia. Me lembro de quantas e quantas vezes tive que ceder, mesmo sabendo que estava certa. Tinha que me fingir de boba para não arranjar confusão no almoço de domingo. Nunca deu muito certo. Sentados à mesa da sala, com a televisão ligada num daqueles canais que fazem lavagem cerebral na gente, aquela toalha em que não podíamos deixar cair comida ou ouviríamos durante dias, e meu pai sentado à cabeceira falando sobre as coisas em que ele acreditava; verdades absolutas, críticas à sociedade e mais um monte de coisas que tínhamos que ouvir e fingir que concordávamos. Quando ele vinha com os preconceitos torpes dele, me subia uma coisa, uma vontade de levantar da mesa e gritar "EM QUE MUNDO VOCÊS VIVEM?", mas me calava e pegava mais um pouco da salada de batata. Até porque, quem daria ouvidos a uma adolescente?

Lembro quando ele ficava endoidecido com as minhas roupas pretas. Eu, indignada, dizia: "Pai, são só roupas!". Mas quem disse que ele ouvia? Ele, sempre dono da razão, dizia que roupas pretas remetiam a negatividade, coisa do demônio, sei lá... Para mim, continuavam sendo só um pedaço de pano preto, mas com um bom corte, claro, que envolviam meu corpo. Para ele, eram uma afronta caso eu continuasse usando. Uma vez ousei discutir com ele, questionar mesmo.

E fiquei com aquela cena na minha cabeça por um bom tempo, pois, definitivamente, eu gostava de usar roupas pretas, e isso nunca apagou o colorido que há dentro de mim. Ele que nunca teve sensibilidade para perceber isso. Aquela discussão foi o estopim para, pouco depois, eu querer sair de casa, ser independente, me virar do avesso e mostrar quem eu realmente era, pois, na casa dos meus pais, eu seria sempre a filha deles, que, infelizmente, nunca foi, e nunca será, o que eles esperam. E chega uma hora em que a vida te dá um estalo, ou, em alguns casos, um tapa na cara, e, sem medir as palavras, te diz: “Acorda, garota, seus pais não vão mudar, mude você, eles nunca vão deixar você ser quem é, saia de casa, corra atrás do que faz o seu mundo girar, pois por aqui as coisas, infelizmente, nunca vão mudar”. E realmente não vão, a gente insiste, tenta ajudar, abrir a cabeça, mostrar o mundo, mas, se não formos embora, a gente afunda junto.

Até hoje não sei se meus pais me conhecem ou se só têm uma imagem exterior de mim. Saber que eles me amam, mas ter certeza de que nunca vão me entender por inteiro é uma grande tristeza que carrego. Eles querem o meu bem, mas nunca verão o tamanho do brilho que carrego comigo. Eles nunca vão conseguir me enxergar como realmente sou e, provavelmente, nunca vão mudar... uma pena ver isso e não poder fazer nada.

Isso não dá dinheiro

Quando criança, eu era aquela menina mais quietinha... Tá, eu era um poço de silêncio, admito. Sabe aquela menina que sempre segura a cartolina nas apresentações do colégio e, se possível, fica escondida atrás dela? Era eu. Nunca tive muita habilidade para falar em público. Tinha pânico, na verdade. Então, enquanto as pessoas apresentavam seus trabalhos sobre o estopim da Primeira Guerra Mundial ou sobre como funcionava o processo da fotossíntese, eu ficava desenhando na carteira ou na última página de um caderno de capa dura velho e usado que minha mãe me deu, pois ela só tinha usado algumas páginas e dizia que era só arrancá-las e o caderno ficaria "novo" para anotar os deveres. Mas eu só desenhava coisas estranhas, quando não ficava ouvindo música com os fones de ouvido escondidos entre os meus cachos.

Eu conhecia todas as bandas alternativas. Na verdade, essa era uma das minhas melhores qualidades, mas poucas pessoas sabiam. Poucas pessoas sabiam porque eu nunca seria besta de dividir as minhas melhores bandas com ninguém.

Entendam que as suas bandas prediletas são íntimas demais para serem divididas assim, como se fossem uma música bonitinha qualquer. Dividir uma banda pela qual você é apaixonada é mostrar mais de si do que alguns devem saber. Dividir uma banda pela qual você é apaixonada é quase como deixar alguém ler o seu diário. Mesmo que eu nunca tenha tido um. Nunca fui tão menininha assim.

Eu era quieta com quem não tinha intimidade; com as demais pessoas, sempre fui arteira, no duplo sentido da palavra: fazia artes e bagunças, e todas as minhas bagunças envolviam artes, baldes de tintas, pincéis, canetinhas ou, quando sem opções mais potentes, giz de cera ou lápis de cor. Pintar é tão gostoso. Desenhar é sempre uma conexão tão boa comigo mesma. Lembro quando, em dias de chuva ou naqueles em que minha mãe não tinha mais paciência para ver a minha cara de inquietação em casa, ela me deixava na minha tia Silvia. Íamos ao mercado, comprávamos coisas gostosas para comer e ficávamos a tarde inteira pintando quadros ou pedaços de pano. Digo, ela pintando, e eu tentando rabiscar as telas que sobravam. A tia Silvia tinha um dom incompreendido, gostava de pintar coisas que via pelo caminho de casa, coisas, para muitos, banais, mas, pelo menos para mim, lindas de tão singelas.

Aí fui crescendo, deixando de ser tão bicho do mato, como dizia a minha mãe, e aprendi a interagir um pouco mais, às vezes até um pouco demais... Na minha adolescência, quando eu falava que queria fazer faculdade de artes, meus pais diziam, com aquele ar de descrença: “Isso não dá dinheiro!”.

Ah, se vocês soubessem como isso me entristecia... Era como se, de pouco em pouco, eles tirassem um pedaço de mim, dos meus sonhos. E, com aquela sensação de vazio, eu ficava pensando: "Se nem a minha família acredita em mim, quem vai acreditar?". Desde pequena eu sempre gostei de artes: pintava, desenhava, rabiscava e colocava para fora tudo o que se passava dentro de mim. Mesmo que poucos conseguissem entender o que realmente havia por trás dos meus traços – só a tia Silvia, ela sempre me entendeu, talvez por também ter alma de artista.

Até que um dia, numa daquelas minhas loucurinhas que surgem de forma repentina, resolvi conversar com um artista que morava numa casinha aqui perto – sabe aquelas casas pelas quais todos que passam se perguntam "quem mora aqui?", por serem um pouco tenebrosas, com um jardim malcuidado, a tinta da fachada descascando e um número que mal aparece por estar tampado pelos arbustos? Então, nesse dia, ao voltar da padaria com as minhas sacolas cheias de pães e um bolo de cenoura – meu favorito!, mesmo que eu não seja tão fã de doce assim... mas sabe quando você mataria por um doce? –, resolvi perguntar a ele algumas coisas que andavam na minha cabeça. Tudo bem que ele não era o maior exemplo de artista que eu já tinha visto; na verdade, era somente um senhor que, pelo estado das roupas e da casa, parecia não ganhar muito dinheiro, que pintava quadros a que quase ninguém dava o devido valor e a quem todos, com olhar de repúdio, chamavam de "estranho" quando o viam caminhar na rua com aquelas roupas velhas e até com alguns furinhos de traça. Mas quem era eu para julgar alguém que talvez tivesse a mesma loucura que a minha?

Então, deixando as minhas preocupações bobas de lado, resolvi conversar com ele, pois pensei que dividir um pouquinho do meu mundo com alguém que não me conhecesse, naquele momento, seria um alívio. É sempre bom conversar com alguém que a gente não conhece, pois um desconhecido não vai tentar nos cobrar com expectativas de um futuro perfeito ou nos colocar em caixinhas. E mesmo não sendo alguém por quem eu tivesse muita admiração, até porque não conhecia muito do trabalho dele, queria ouvir como tinha chegado à decisão de viver da tão temida, sofrida e, por que não?, "assustadora" arte. Então, vendo-o atravessar a rua, coloquei às pressas a minha mochila, que só estava pendurada em um dos ombros, nas costas, segurei firme as minhas sacolas e corri para tentar alcançá-lo. Ele andava devagar, com uma sacolinha simples que deveria ter, no máximo, uns dois ou três pãezinhos.

Ao chegar perto, ainda um pouco atrás dele e esbaforida, disse:

"Oioi, seu Jair, tudo bem? Posso falar com o senhor?"

"Oi, Mariana, tudo ótimo e com você? O que te faz vir aqui conversar comigo?"

"Estou com uns probleminhas, algumas dúvidas, e acho que o senhor pode me ajudar..."

"Só se você esquecer o 'senhor'..."

"Hahaha, ok, tudo bem..."

"Mas, então, no que eu posso te ajudar?"

"É que, assim como o senhor, digo, você, tenho o sonho de fazer faculdade de artes, viver e me descobrir neste mundo artístico. O problema é que a minha família não me apoia, na verdade, nem acredita que isso seja um caminho, menos ainda um bom caminho, e não estou sabendo lidar com isso... Metade de mim ama a arte, outra metade fica com medo de se jogar e de os meus pais estarem certos sobre isso ser só uma 'brincadeira de fim de semana', como costumam dizer."

"E por que você precisa tanto da aprovação deles?"

"Não preciso, mas tenho medo de errar e depois ter que voltar atrás e ouvir sermões dos quais, mesmo errando, não sei se sou merecedora. Não sei, me parece difícil ter confiança de viver um sonho, ainda mais tão nova, sem ninguém para te dar um 'chão', um 'vai, se joga, qualquer coisa estamos aqui!'."

"E por que você precisaria voltar?"

"E se me faltar dinheiro? E se o curso não for o que eu imagino? E se eu tiver que ouvir para o resto da minha vida que fiz a escolha errada?"

"E se... e se..."

"Você não teve medo de tudo isso?"

"Claro que tive, mas também não tive muita escolha... Chega uma hora que a arte pede você por inteiro e, felizmente, não há como escapar. Mariana, a arte é algo que não se vive pela metade... A arte não combina com um pezinho em cada barco. Ninguém é meio artista, ninguém é meio feliz, ninguém ama só metade de alguém. Ou você ama ou não ama. Ou você é feliz ou não é. Ou você vive a arte com o coração, sem se importar com o que os outros vão pensar, ou ela não vive em você."

"E como vou saber se ela vive em mim?"

"Você já sabe, só não tem coragem de admitir. Você pode abafá-la por um tempo, fingir que é um gosto passageiro, tentar esconder que você é o que é, mas, um dia, ela virá à tona. Se essa é a sua essência, por que não vivê-la de forma intensa? E vou te dizer só mais uma coisa: não há como vivermos os nossos sonhos sem desapontar as expectativas que os outros têm de nós."

Fiz uma cara de quem gostaria de falar um palavrão, mas me segurei, não queria assustá-lo.

"É, você tem razão...". E, como se um caminho novo tivesse se aberto na minha mente, completei: "Então, acho que vou ter que ir com medo mesmo..."

"Claro que vai! Acredite, todos nós temos esses medos, até aqueles que não parecem ter. Até hoje morro de medo de várias coisas, mas aí eu sempre lembro que nada que pede intensidade quer só metade de nós, e me entrego... Há anos tenho medo, e, acredite, até hoje eles nunca se concretizaram."

"Obrigado, seu Jair, de verdade! Mas agora preciso ir." Estava com pressa. Não porque tinha algum compromisso, mas porque estava ansiosa para colocar em prática tudo o que tinha ouvido.

No caminho de casa, a minha cabeça fervilhou. Estava segura, feliz, achando que estava preparada para qualquer coisa. Tomei, em segundos, uma coragem que nunca tinha tido, o problema seria ela perdurar até o dia seguinte. Me segurei para não dividir a conversa que tive com seu Jair com a minha mãe, até porque ela não entenderia, me olharia com aquela cara de desaprovação, e a sua primeira pergunta seria: "Por que você foi falar com aquele sujeito esquisito?". É... ela nunca tinha sido a maior incentivadora dos meus sonhos, não seria naquele dia que mudaria, por mais que eu tivesse essa esperança todo santo dia.

Ah, se eu pudesse sentar na frente dela e explicar que estar em contato com a arte é vasculhar coisas loucas e maravilhosas que carregamos dentro de nós, mas em que poucos acreditam... ainda que essas coisas loucas e maravilhosas nem sempre sejam o que gostaríamos de encontrar. Procurar sentimentos para serem transcritos, colocados em papéis, quadros ou em vozes suaves é uma busca interna por um defeito, um medo bonito de descrever. É como uma casa em reparos: às vezes, sem querer, ao tentar consertar um defeitinho, acertamos um cano que inunda o nosso quarto, o nosso canto mais íntimo.

Ser artista e dividir o seu coração com quem não sabe a grandeza da arte é dar murro em ponta de faca. Nesse caminho de volta para casa, brincando de andar pelo meio-fio sem cair, pensei em quantas vezes já zombaram – quem fala zombaram? – de mim por olhar o mundo com tanta paixão. Mesmo que eu tenha esse jeitinho na maioria das vezes recluso, digamos assim, eu sou apaixonada e tenho muito amor dentro de mim. E como tenho... E como nem sempre sei dividi-lo com quem amo, demonstro isso com minha arte. A arte nunca me trai. Nunca deixa de acreditar em mim nem me tira a esperança de dar um sentido à minha vida.

Espero, aos pouquinhos, ter mais confiança e, quando meus pais encherem o peito para me dizer “Isso não vai te dar dinheiro!”, eu levante a cabeça e responda: “Isso vai me dar felicidade!”.

Pedro

Conheci Pedro num dos meus bares favoritos: um pub que fica em um porão. A maioria das pessoas considera o bar estranho e repleto de gente esquisita, mas eu não, e, pelo visto, o Pedro também não. O que me fez achá-lo interessante logo à primeira vista.

Era fim de tarde, o céu estava bonito, tinha acabado de chover, mas ainda restava um pouquinho de sol, e o cheiro de asfalto molhado deixava no ar aquela sensação de paz e calmaria. Adoro esse cheiro! Havia acabado de sair de uma exposição linda do Modigliani; eu tinha esperado meses por ela, coisa de louco, ele e seus retratos estranhos sempre me fascinaram. Engraçado como esse clima de exposições e vernissages me inspiram. Parece que cada vez mais recebo breves sinais de que realmente nasci para a arte, mesmo que muitas vezes eu tente negar esse chamado. Mas tudo bem, voltemos ao Pedro, que, confesso, também era uma inspiração.

Correndo, com o meu guarda-chuva listrado, preto e branco, feito a roupa do Beetlejuice, saí da exposição e fui direto para o bar encontrar algumas amigas que não via há tempos. A gente adorava aquele lugar, pois tinha ótimas cervejas, mas, principalmente – e coloca principalmente nisso –, porque poucas pessoas sabiam da existência dele. E a gente sempre gostou de ir a bares que a grande massa não conhecia...

Cheguei, meio esbaforida e atabalhoada, como sempre, cumprimentei as meninas e logo emendamos num papo. E, de cara, todas as histórias da Poliana estavam relacionadas a homens – que novidade, não é mesmo?! Eu mal havia chegado e o assunto já era como ela não encontrava ninguém que a amasse da maneira que ela dizia merecer. Ou como o João, o Antônio ou o Luiz, não lembro mais o nome, não "foi homem o suficiente" para ficar com ela, essas coisas... blergh! Muitas mulheres, principalmente as que colocam o peso da felicidade em um relacionamento – sim, elas existem –, quando se reúnem, bebem um pouco e começam a falar sobre homens, são como um disco que se repete pela noite inteira. Falam bem, falam mal, falam, falam, mas nunca chegam a nenhuma conclusão. Eu nunca tive muita paciência para isso. Mas, ok, elas são minhas amigas; paciência é uma virtude. Sorria, Mariana!

Então, na eterna missão de tentar mudar de assunto antes que a Poliana enviasse uma mensagem aleatória para o João, o Antônio ou o Luiz, pedi mais uma cerveja. Pelo jeito, a noite seria longa. E eu, por sorte, já estava começando a ficar naquele estado alegre, de riso fácil. Garçom, mais uma Pale Ale, por favor!

Alegrinha e conversando com elas sobre outro assunto que – graças! – não era homem, de longe vi um cara sozinho – que ironia... –, lendo o mesmo livro que eu estava lendo: *Um rio chamado tempo, uma casa chamada terra*, do Mia Couto. Na hora, me desliguei do mundo! Parecia que não havia mais nada em volta, não conseguia parar de olhar para ele, não conseguia nem mais tatear a mesa em busca da minha tulipa. Não consegui evitar. Pois encontrar pessoas que estão lendo o mesmo livro que você sempre é um sinal divino de que algo maravilhoso está para acontecer. Sempre fui de me apaixonar fácil por caras que leem, ainda mais quando têm um gosto parecido com o meu. É quase instantâneo! Parece que ele já conhece tudo sobre mim, os meus gostos, o jeito como durmo – com o travesseiro entre as pernas – e como fico agoniada quando alguém escova os dentes na minha frente. Sério, o barulho da escova em contato com dentes
que não sejam os meus, claro, me angustia!

Na minha cabeça, ele já me conhecia, sabia de todas as minhas manias, só ainda não tinha consciência de que tinha todo esse poder... Então, obviamente, fui dizer isso pra ele. Não com essas palavras, mas fui...

Estufei os meus peitos, pequenos mas sinceros, dei aquele gole encorajador na minha cerveja e, sem pausas nem tempo para pensar na loucura sadia que estava fazendo, fui em direção a ele. Não tinha tempo a perder. Se não fosse agora, quando o veria de novo? Nunca me sinto mal pelas coisas que fiz, mas, sim, pelas que deixei de fazer. Em cidades como esta, quando você avista alguém que te interessa e faz seus olhos brilharem mesmo sem motivo, não há como esperar e perguntar para a sua amiga se ela conhece aquele cara sentado perto do bar, e, depois de alguns dias, despretensiosamente, adicioná-lo em alguma rede social. Ou toma uma atitude ou só vai ver aquela pessoa uma única vez na vida.

Apesar de muitas vezes preferir o silêncio, quando tomo coragem, até a coragem fica com medo de mim. Um sorriso breve, uma suave passada de mão nos meus cabelos feito ondas do mar, uma coçadinha na minha tatuagem preferida no antebraço, um olhar doce, porém não enjoativo, e pronto. Pedro era o nome dele. Economista. Um cachorro. Sem filhos. Tem uma horta orgânica em casa. E adora restaurantes pequenos em que o dono é quem atende, como se fosse um amigo próximo. Pedro não era muito alto, tinha quase a minha altura (mas também não sou parâmetro para muita coisa). Usava uma roupa casual: tênis – ufa!, escapei do sapatênis! –, calça jeans e camiseta básica. Gosto de homens com camiseta básica. Me dão, sei lá, tesão. E, apesar de gostar de homem bonito, no fundo, gosto mesmo é de homem com bom gosto. Principalmente quando o assunto são livros, filmes e roupas. E, coincidentemente, naquele momento, com certeza, a sua melhor qualidade era saber falar de qualquer assunto com a leveza que sempre esperei de alguém. E quando a gente encontra alguém que entende as referências de filmes, séries ou livros que a gente joga no ar, pode ter certeza que sairá algo gostoso de lá. Preciso admitir que sou meio egoísta com isso, pessoas que não compartilham, pelo menos um pouco, do meu universo me dão preguiça, na verdade, não me despertam tesão algum. Nunca conseguiria me relacionar com alguém que não gosta de artes, cultura, cinema...

Conversa vai, conversa vem, de Dalí a Arcimboldo, de Hemingway a Salinger, já estávamos ali havia quase duas horas falando sobre o que nos viesse à mente. E, a cada referência artística ou cultural que eu jogava no ar e ele pegava, meus olhos brilhavam mais. Era visível. E era para ser mesmo. Ele merecia saber que eu estava a fim dele. Não havia tempo para charminhos bobos. Na verdade, nunca há. Do outro lado do bar, as minhas amigas provavelmente estavam fofocando e me julgando com olhares que atravessavam o bar e quase gritavam "e aí????", mas eu mal dava atenção a elas; naquele momento, Pedro era muito mais interessante.

Não muito tempo depois, elas resolveram ir embora, chegaram perto da mesa, cumprimentaram o Pedro, me deram um tchau rápido e, achando que estavam sendo discretas, me olharam com aquela cara com que as amigas sempre olham quando você está conhecendo alguém num bar: "Tudo bem mesmo a gente ir embora...?", "Me avisa quando chegar!", "Qualquer coisa, me manda mensagem, por favor!", "Esse cara é confiável?". Eu tinha certeza de que ele era confiável. Pelo menos para aquela noite. E a minha intuição nunca falha.

Pagamos a conta – dividimos, claro – e fomos pegar o carro dele. Enquanto caminhávamos pela rua, fiquei pensando o que, caso ele me convidasse para ir a sua casa, eu faria. Pensei, medi as minhas inseguranças, que naquele momento estavam anestesiadas, pensei e cheguei a uma conclusão muito inteligente: ia fazer o que o tesão sussurrasse no meu ouvido, sem me preocupar com o amanhã, muito menos com a opinião dele sobre mim. Sempre fui do tipo que gosta de sentir prazer antes de pensar nos possíveis desafetos do amanhã; uma noite feliz sempre vale uma possível manhã de remorso. Mas eu não teria remorso. Como eu disse, minha intuição nunca falha.

Paramos numa rua qualquer – para mim uma rua qualquer, para ele uma rua estratégica –, já pertinho da casa dele. Nos beijamos. Nos devoramos num beijo romântico, louco, ou melhor, libertador. Meus cabelos insistiam em ficar entre as nossas bocas; meus óculos embaçaram, e eles os tirou delicadamente. E quando alguém tira os meus óculos para me beijar, ah, é um prato cheio para terminar numa loucura. E eu adoro loucuras! Entre um beijo, um vidro embaçado e algumas conversas sobre arte e pequenas filosofias de vida, ficamos ali por um bom tempo, até ele dizer:

"Quer entrar? Ouvir uma música?"

Eu ri e, com um tom levemente debochado, respondi:

"Ouvir música, sei..."

"Acorda... fiz um café pra você!"

"Puts..."

Não me coloque em uma caixinha

Um dia desses, caminhando pelo centro da cidade, pertinho de um barzinho que adoro (outro bar, não o pub em que conheci Pedro), notei que uma menina me olhava como se eu fosse um Boneco de Olinda. Achei estranho. Ela me encarava e, com alguns movimentos estranhos com a cabeça, parecia me dizer coisas do tipo: "Você, tão nova, e cheia de tatuagens...". Mesmo sentindo o peso de seu olhar fuzilante, achei engraçado. E um pouco triste. Em pleno século XXI e as pessoas ainda preocupadas com as decisões alheias? Só faltava ela me parar e perguntar: "E quando ficar mais velha, como vai ser, com todas essas tatuagens pelo corpo?" – aquela típica pergunta de quem ainda não entendeu a vibe da vida.

Sinceramente, nem vou questionar o fato de ela não ter nada a ver com a minha vida, mas me intriga que as pessoas ainda deem tanta atenção aos desenhos coloridos que carrego na minha pele quando o que importa é o estado da alma. Se preocupar com a aparência é algo tão frívolo pra mim; as coisas são tão maiores, tão mais plurais. Não consigo entender como as pessoas conseguem gastar – e gostam de gastar – tanta energia com a vida dos outros, julgando e condenando quem não segue o mesmo padrão de vida que elas, como se ele fosse o ideal para o mundo inteiro.

Desde pequena, sempre percebi que as pessoas têm mania de colocar os outros em caixinhas. De rotular e criar estereótipos para coisas que, na verdade, são muito mais abrangentes do que parecem. Ninguém é A ou B, ninguém precisa escolher uma cor só, um estado de espírito só, uma vontade só. Pessoas que dizem ser "isso" ou "aquilo" são inflexíveis, rígidas, não se adaptam, não vivem a pluralidade que as alegrias pedem e, em sua maioria, são aquelas que dizem ser "pessoas de verdade", "autênticas". Que besteira! Para mim, pessoas de verdade são aquelas que vivem de coração, sem seguir uma conduta só para serem aceitas pelo mundo. E aquelas que estão abertas ao novo, a rever alguma posição, a reconhecer que podem ter errado, a se desculpar... Ou quer dizer que só porque costumo usar preto sou gótica? E nunca, na minha vida inteirinha, poderia usar rosa? Só porque não gosto de chocolate não posso gostar de mais nenhum doce? E se um dia comer um pedacinho de chocolate terei que ouvir que estou de TPM ou me contradizendo? Só porque gosto de arte quer dizer que fumo maconha e perambulo pelas noites sem rumo? Só porque transei com um cara na primeira noite sou _____ (encaixe aqui o adjetivo que desejar)?

As pessoas não são feitas com receitas, não são caixinhas que se separam por sabor, textura e competência. Cada pessoa tem uma pluralidade, um interior que grita e pede dias de tapa na cara ou de beijo na testa. Ninguém precisa ter vergonha de sentir prazer, não acham?

Volta e meia, quando divido o meu copo de bebida com alguém, gosto de ficar observando como a pessoa vê o universo e os que estão à sua volta – principalmente aqueles que carregam consigo algumas peculiaridades. Pensa comigo, se ela consegue respeitar as pessoas e suas diferenças, e até – pasmem! – a vontade que algumas têm de comer pêssego em calda ou picolé de milho-verde, ela também saberá respeitar um amor, um sentimento, seja como ele for. Eu, honestamente, não acredito que alguém que não tenha capacidade de entender e aceitar as diferenças, por menores que elas sejam, saberá me respeitar. Preconceitos sempre dizem muito sobre alguém.

Eu sou o que me convém ser. Não me coloque em uma caixinha nem diga que não posso ser tudo ao mesmo tempo. Eu sou um pouco de Beatles e muito de Molejo. Eu sou um pouco de queijo brie, mas muito de muçarela. Eu sou um pouco de caviar (ok, nem tanto), mas muito de pastel de feira – nesse caso, muito mesmo. Eu sou um pouco e muito de todas as coisas da vida. Eu sou esse choro sem motivo, esse medo de avião, junto a uma eterna vontade de conhecer outros países, essa vontade de beijar o bartender bonitão do restaurante que eu mais frequento, mas ao mesmo tempo de casar com alguém que nem conheço. Eu não sei me definir, e isso, para mim, é a minha melhor qualidade. Então, sei lá, só, por favor, não me coloque em uma caixinha. Me deixa ser o que eu quiser e trazer cor a quem tem certezas monocromáticas.

Sexo? Onde?

Eu gosto de sexo. Honestamente, eu gosto muito de sexo! Parece pesado ou com um quê de ninfomaníaca afirmar isso assim? Sorte do Pedro! E de todos os que já me fizeram sentir um arrepio nas costas. E, por mais que eu pareça louquinha, desvairada ou o termo que você queira usar, não foram muitos os caras com quem já fiquei. Juro. Para falar a verdade, existe uma coisa que sempre questionei nos meus anos de solteirice: por que as pessoas pensam que, só porque pareço não seguir as "regras de boa conduta", pois tenho tatuagens, falo de sexo abertamente, tenho amigos homens, gosto de arte e não trabalho em uma empresa com horários abusivos, transo com qualquer cara que me sorri e exala um bom perfume? E mesmo que fizesse isso, qual o problema? Porra, não posso curtir um bom sexo e nada mais e também gostar de intimidade? Por que as duas coisas são antagônicas e tenho que escolher uma ou outra? Acontece que não é porque tenho tatuagens pelo corpo inteiro, e as faço com a naturalidade de quem compra cerveja no posto de gasolina em dia de semana, que eu queira transar a noite inteira. Digo, talvez eu até queira, mas não necessariamente com aquele cara que, assim que entro num lugar com o jeito leve de quem só está querendo beber uma cerveja e conversar com uma amiga, te mede da cabeça aos pés com o olhar de quem está decidindo se te comeria ou não. Não tem nada pior, a sensação é péssima. O problema não é ser libidinoso, mas, sim, ser libidinoso sem permissão para ser. Olhar, flertar, faz parte, e é uma delícia quando isso acontece, o mundo não pode perder isso, mas a questão é aquele olhar que faz você se sentir um objeto. É um olhar sem troca, sem interesse real, sem carinho. E por mais que possa haver sexo sem envolvimento emocional, somente tesão e pele, é fundamental haver carinho e respeito.

No começo da nossa relação, Pedro se assustou com meu tesão, principalmente naqueles momentos em que eu dizia sentir tesão em lugares que pessoas ditas convencionais não costumam sentir (ou não assumem, só para manter as aparências, sabe?): no mercado, no provador de roupas, na farmácia, no carona do carro, essas coisas. Ele achava esquisito, diferente, sei lá, e volta e meia me olhava com certo estranhamento. Ele não me controlava nem me julgava, não que eu saiba, claro, mas, suavemente, muitas vezes me fazia sentir um pouco estranha por carregar esse tesão repentino comigo. Mas era começo de relação, e, como boa parte das pessoas que estão apaixonadas e se deparam com pequenos “defeitos” do outro, pensei: “Ah, deve ser coisa minha mesmo..." e relevei, pois ele era um bom companheiro, alguém de quem eu gostava de estar junto e que me fazia bem. Mas sempre achei peculiar o fato de ele achar estranho eu gostar tanto de sexo. Algumas vezes cheguei até a me perguntar: "Porra, que homem não gostaria de uma mulher que ama sexo? Que gosta de transar diariamente e em lugares diferentes?". Nunca perguntei pra ele, pra não pesar a relação; só ficava me questionando, nos meus momentos comigo mesma...

Lembro que a minha primeira experiência sexual foi péssima! Confesso que achei que nunca gostaria realmente de sexo depois daquele fatídico dia. Seria esse o tão gostoso e maravilhoso sexo que diziam ser "dos deuses"?! Foi com um cara mais velho, gente boa, mas, não sei, o pensamento de "o que estou fazendo aqui?" não saía da minha cabeça durante o ato. Foi estranho: eu estava preparada, ele foi atencioso e paciente, mas acho que criei muita expectativa, sei lá... Só sei que foi péssimo. E não foi culpa dele, ele foi muito compreensivo, mas mesmo assim doeu, foi constrangedor, fiquei contando os minutos para terminar e o prazer não vi nem de longe. Só faltou sensibilidade para ele perceber que eu não estava gostando. Me lembro dele me olhando, confiante, como se eu estivesse delirando, quando, na verdade, eu só queria que acabasse rápido. Não que estivesse ruim, mas estava bem desconfortável. Faz tanto tempo que hoje dou risada quando lembro. Porque, apesar do desconforto e da frustração de não ter sido tudo aquilo, ele foi bacana e muito gentil.

O tempo foi passando e, alguns anos depois, eu já estava transando na escada de incêndio do prédio. Viu só? E eu gosto não só de lugares diferentes, mas também de brinquedos, óleos com aromas misteriosos (coisa de aquariana, sabe como é...), tudo o que for possível durante o sexo eu tenho vontade de testar, sem preconceitos, mesmo. Quando me entrego para um homem, quero fazer de tudo com ele. Sim, tudo! Tudo o que for gostoso e legal para ambos, claro. A maturidade cada vez mais faz com que eu me entregue por inteiro. Acontece que as pessoas pensam que, pelo meu estereótipo, devo transar com qualquer um, mas, muito pelo contrário, escolho muito bem meus parceiros e gosto de ter intimidade e sentir confiança neles, isso para mim é muito importante. É que sou muito cabeça aberta com isso, e não faço ou demonstro essa vontade por querer prender a pessoa ou seduzi-la para a eternidade (como se isso fosse possível haha), mas porque quero aproveitar as trocas que posso ter com quem está comigo. Pensa só, se estamos com alguém de quem gostamos, por que guardar as nossas vontades só para nós? Não consigo compreender, simplesmente não consigo! Por que se relacionar com uma pessoa se você não consegue dividir todos os seus pensamentos e fetiches mais malucos com ela?

No geral, transei com poucos caras, e olha que já tive chance de ficar com homens que muitas das minhas amigas pirariam se soubessem. Diriam, sei lá, que desperdicei uma "oportunidade". Oportunidade de quê? Com a maioria dos homens que beijei ou com quem transei, eu fiquei por meses; mesmo que não fosse um namoro, mantinha algo um pouco mais duradouro. Gosto de conhecer as pessoas mais profundamente. Eu também nunca fui de gostar dos homens que parecem unanimidade, nem dos mais ricos, só me interessei por aqueles que me despertavam algo no interior, bem no interior, e me faziam ter um tesão quase incontrolável. Enfim, o fato é que gosto de conhecer a pessoa com quem me relaciono, e isso não significa que eu não goste de sexo no primeiro encontro, até porque já aconteceu, mas meu único pré-requisito é que haja energia e intimidade (e intimidade nunca é questão de tempo). E preciso dizer que eles tiveram sorte, pois se tem uma coisa que eu gosto na vida é de sexo e arte haha (arte com sexo, então...)! Mas, honestamente, no fundo, a sorte sempre foi minha. Aprender a sentir prazer foi umas das coisas mais gostosas e libertadoras que já me aconteceram. Se o brinquedo é nosso, por que não usá-lo? Sei lá... ficar se perguntando demais, ficar com receio demais é algo que só serve para fazer o tempo passar sem deixar boas lembranças. E sexo com intimidade é sempre uma boa lembrança...

Índia

Se existe uma coisa de que tenho certeza nesta vida – além de que morrerei coberta de tatuagens, que colocarei framboesas nos dedos e comerei uma por uma (no melhor estilo Amélie Poulain), que farei sexo numa praia deserta (não sei como ainda não fiz isso, uma ofensa ao meu modo de viver), que dormirei num estábulo (não me pergunte o porquê, coisa minha), que terei a oportunidade de viajar para todos os países que imagino (sim, nunca viajei para o exterior, no máximo para o Paraguai, mas não sei se considero exterior), que terei dinheiro para comprar todas as cores de tintas a óleo com que eu sonhe (ainda são muito caras para mim), que vou acordar todos os dias com as mãos e as roupas sujas de tinta, que darei uma beijo na boca do Julian Casablancas – é de que quero conhecer a Índia.

Sabe aquele sonho que ninguém tira da sua cabeça? Não importa o quanto falem, argumentem, esperneiem ou te chamem de louca? É o seu sonho, porra! E, sabe como é, com os sonhos a gente não discute. Mas, besta e boca aberta como sou, um dia fiz a cagada de dividir esse meu sonho com um grupo de amigos meus. E, para a minha surpresa, alguns – quase todos – me olharam com uma puta cara de reprovação, como se eu fosse fazer uma tatuagem na testa, correr pelada por puro hobby ou, sei lá, fumar dois maços de cigarros por dia, acompanhada por comentários pseudointelectuais – estou sendo irônica, ok? – do tipo: "Mas, Mariana, você não sabe que a água na Índia não dá para beber?!", "Você sabe que ratos andam pela cidade e que o índice de doenças é de X%?", "Pelo que sei, a vigilância sanitária lá é uma vergonha!", "Dizem também que o trânsito é caótico e as pessoas buzinam a todo o momento. Haja paciência!". Enquanto ouvia tudo aquilo, fui, aos poucos, ficando chateada com a situação, mesmo que, na minha cabeça, eu os tenha mandado para um universo paralelo – procurei evitar mais um palavrão. Mas eles são meus amigos e, por esse pequeno detalhe, achei que me apoiariam. Se tem uma coisa de que não gosto é que menosprezem os meus sonhos. Mas, sinceramente, não sei qual o objetivo deles com esses comentários mesquinhos. Será que eles queriam me fazer desistir? Porque, se me conhecessem de verdade, saberiam que aquele olhar de "você é louca?" só me animava mais e mais a ir! Conversar com pessoas que não têm sonhos é sempre uma dificuldade sem fim. Tudo vira besteira, tudo é pequeno, tudo é na base do "haha", do "vai lá e depois me conta".

O que eles não conseguiam entender era que querer ir para a Índia é mais do que viajar e fazer check-in em um lugar descolado. É mais do que fazer fotos bonitas e colocar um filtro que tira toda a verdade do momento. É mais do que subir em um elefante, apesar de eu, cara, AMAR ELEFANTES! Ir para a Índia é viver na pele uma realidade diferente e ficar frente a frente com a intensidade de um choque cultural gigante. É aprender que a nossa realidade não é uma verdade absoluta. E que verdades absolutas só os idiotas aceitam. A gente não passeia na Índia, ela que passeia na gente; no nosso interior, na maneira como a gente passa a enxergar a vida depois.

Mas, independentemente do que eles possam pensar ou falar, eu quero andar de tuk-tuk, comemorar a chegada da primavera no Festival das Cores, barganhar por especiarias e suvenires, comer curry, ouvir os vendedores ambulantes gritando "chai, chai, chai, chai!" pelas ruas – se você nunca experimentou chai, experimente, é uma mistura de leite com chá, uma delícia! –, pedir licença para as vacas que insistem em ficar deitadas no caminho, fazer aqueles desenhos lindos de hena nas mãos, aprender a fazer massagens diferentes e milenares, mas, principalmente, valorizar um pouquinho mais a minha vida como um todo, ter uma oportunidade de me conectar comigo e me aprofundar numa cultura ímpar. E eles ainda acham que "só" estou indo para a Índia...

Fico pensando: será que esses meus amigos não se questionam sobre o quão construtivas essas experiências podem ser? Será que é só Nova York; check-in; Quinta Avenida; Paris; croissant; selfie? Será que eles não têm vontade de conhecer outras realidades que não sejam baseadas em wi-fi e restaurantes descolados? Sei lá, eu... cada um, cada um.

Talvez o erro tenha sido meu, quem mandou falar tudo o que eu penso? Nisso a minha mãe tem razão, eu divido muito as minhas coisas com os outros, deveria ficar mais em silêncio, guardar meus pensamentos para mim, assim ninguém critica, fica com inveja ou me desencoraja. Talvez com o tempo eu aprenda a guardar os meus sonhos comigo.

Puts...

Puts... que delícia! Talvez esse seja o melhor complemento para a frase que deixei no ar no começo da minha história com o Pedro. Tudo bem que não sou lá a mulher mais receptiva do mundo a fofuras, principalmente as matinais, mas, não sei por qual motivo, o Pedro conseguiu ultrapassar a barreira que poucos já haviam ultrapassado e, com um simples café da manhã, me arrancou um sorriso contido.

Logo após o café, que ele insistiu em me levar na cama, ficamos horas e horas enrolados nas cobertas, transbordando nos minutos que, incansavelmente, passavam rápido demais, nos abraçando com os travesseiros entre nós, falando sobre coisas aleatórias que qualquer pessoa normal ou careta acharia idiota. E talvez a gente até fosse idiota, mas e daí? Naquele momento, eu só conseguia me concentrar naqueles olhos castanhos, profundos, cheios de história, e pensar: "Porra, não é que a gente combina mesmo?!".

Mas como nem tudo é perfeito e cheio de lacinhos – não que eu goste de lacinhos, mas achei a comparação pertinente –, logo de cara percebi que ele tinha um lance meio estranho com cobertas e lençóis. Digamos que, sei lá, ele não gostasse de bagunça nem desarrumação na cama. Ninguém gosta, claro, mas, no caso dele, se eu deitasse na cama, por cima do edredom, mesmo que rapidinho, com as roupas com que tinha chegado da rua, sem dúvida haveria uma hecatombe mundial. Ele toda hora ajeitava a cama, deixava os lençóis lisos, estáticos, como se desarrumar a cama fosse um desrespeito aos deuses do sono. Sei lá, parecia que a cama, o lençol e as cobertas eram objetos sagrados naquela casa. Admito que, na nossa primeira noite, me assustei com a maneira como ele dormiu, tão paradinho, enquanto eu me revirava na cama, como o mar em dia de tempestade. Fiquei com certo medo, mas relevei, estava apaixonada à primeira dormida. E como eu sabia disso? Não me pergunte. Sabe como é, quando a intimidade vem, ela nunca pede licença, fora que os meus olhos de artista sempre foram muito observadores. Diferentes dos dele, de economista, um tanto metódicos e práticos. Era interessante como ele tinha uma mescla muito peculiar. Ao mesmo tempo que era certinho, cheio de regras e manias, também era louquinho e adorava as experiências e as intervenções que a vida pode nos proporcionar. Não sei por que a gente combinava, mas, também, querer tentar entender as coisas bonitas que acontecem conosco é pedir demais. Elas acontecem e pronto. Mesmo assim, continuei achando estranho. Mas, tudo bem, estranho por estranho, nem preciso dizer...

Nos conhecíamos não fazia nem vinte e quatro horas e eu já estava na cama dele, pulando e fazendo pequenos planos.

Que loucura! Estar na cama de um cara que mal conheço, mas que ao mesmo tempo conheço tão bem. Parecia que a nossa intimidade vinha de outras vidas. Mesmo que eu não fosse espiritualizada, naquele momento, parecia algo quase divino. Quem mandou ele estar lendo o mesmo livro que eu, no mesmo bar que eu? Se isso não é coisa do destino, o que seria? Conversando com ele na noite anterior, e na cama dele de manhã, era engraçado e mágico observar como os nossos gostos eram parecidos, as nossas loucuras rimavam e as nossas vontades se encaixavam feito um quebra-cabeça de sei lá quantas mil peças. Mesmo com as nossas vidas tão diferentes: ele economista, eu uma tentativa frustrada de artista; ele de família com ar e frescor de alta sociedade, eu mais simples que banana de feira. E mesmo que não houvesse certeza da realização desses nossos planos maluquinhos (sei lá, de viajar, ver uma exposição de uma artista japonesa, essas coisas...), neles não havia expectativa, eram só sonhos breves que estávamos dividindo um com o outro. Era um momento de felicidade finita, que talvez acabasse ali, mas que só de acontecer já era sensacional! Era como se, pelo menos uma vez, eu pudesse dividir as minhas vontades com alguém que entendia a grandeza com que elas orbitavam dentro de mim.

Por mais que eu seja aberta com quem tenho intimidade, sempre tive dificuldade em me abrir verdadeiramente, demoro para pegar confiança. Não é algo de caso pensado, assim: “Não vou me abrir com ele, pois ele não merece...”, acho que tem mais a ver com a maneira com que os meus pais me criaram, eu não consigo me abrir por receio de ser julgada. Nunca soube lidar muito bem com a vulnerabilidade do meu coração. Estranha essa dicotomia dentro de mim, ao mesmo tempo que sou toda liberdade, cabeça aberta e segura, me sinto muito insegura com algumas coisas que nem eu sei explicar o porquê. Mas com o Pedro era diferente, as coisas iam acontecendo, fluindo... e, quando vi, já estava dividindo com ele todas as minhas histórias, até as mais podres. Era tão gostoso sentir que com ele eu tinha essa abertura... Ele me passava tanta segurança com o olhar, com as mãos, e, sério, se tem uma coisa linda que alguém pode fazer por mim é tirar minhas inseguranças só com um doce e seguro olhar cheio de compreensão.

Mais tarde, quando estava saindo da casa dele, com as mesmas roupas da noite anterior e sem esquecer o meu guarda-chuva do Beetlejuice, fiquei pensando em como, sempre que estamos desacreditados no amor, parece que alguém surge sem nem bater na porta pedindo para entrar. É como se esse alguém especial surgisse, rapidinho, somente para nos dar esperança. Mas, sinceramente – vou falar baixinho, pois não quero parecer afobada –, naquele dia eu queria mais que esperança, queria um companheiro de viagem, de loucurinhas, de tatuagens e – quem sabe? –, com sorte, de vida. E quando eu digo de tatuagens, não queria que ele fizesse uma tatuagem com o meu nome – pelo amor! –, mas que, sei lá, também gostasse de marcar na pele as próprias filosofias, sentisse a emoção que é rabiscar o corpo sem ligar para "quando você ficar velho". Depois a gente pensa nisso, queremos ser felizes agora!

Com o tempo, a vida foi tomando o seu rumo, a minha euforia um pouco ansiosa foi baixando e a gente, em vez de querer ser feliz na intensidade, foi sendo, aos pouquinhos, feliz na calmaria. Fomos saindo cada vez mais, nos vendo às quintas, às sextas e nas emendas dos feriados. Sem nos preocupar em fazer charme ou com essas coisas chatinhas de "você tem que ser difícil!" que muita gente diz por aí – nunca tive paciência para isso. Estávamos com uma rotina bonita de contar. Eu dormia alguns dias da semana na casa dele e aproveitávamos para ver alguns dos filmes do Almodóvar (meu favorito naquele momento era *A pele que habito*) e fazer sessões sem interrupções de *How I Met Your Mother*. A passos lentos, fomos de beijos afobados e quentes para maratonas de séries nos finais de semana; de conversas sobre curiosidades loucas sobre nós e o mundo para comentários vagos sobre o noticiário; de bebidas destiladas às sextas-feiras para vinhos; e assim, aos pouquinhos, ele foi me aceitando: cada detalhe, cada defeitinho, e olha que eu tenho alguns que até para mim são amargos de descer pela garganta.

Eu só queria alguém que me amasse como eu sou. Sem tirar nem pôr. Sem dizer "eu te amo, mas você deveria mudar isso...". Sem dizer que sou perfeita, mas querer me moldar aos seus gostos pessoais. Eu sou isso, ou me aceita com todos os complementos e as paranoias que o pacote contém ou me deixa livre. Pedro tinha seus TOCs com a cama, e eu também tinha os meus perfeccionismos, principalmente com as minhas artes, mesmo que fossem somente para mim ou amigos. Se cada um se aceitar, sem ter que ceder ou negar a sua essência, tudo fica mais fácil.

Pedro estava longe de ser o homem perfeito para o resto do mundo, mas parecia perfeito para as minhas imperfeições. Demonstrava carinho e paciência com as minhas epifanias, conversava sobre qualquer assunto, tinha uma visão aberta sobre o mundo e ria das minhas brincadeiras bestas. Estávamos, como dizem por aí, "ficando mais sérios", nos conhecendo e nos apaixonando. Onde isso tudo ia dar? Eu não tinha a mínima ideia, e mesmo sendo um pouco durona, preciso admitir: esperava que desse em amor.

Nem sushi?

"*Vamos pedir uma pizza de calabresa?*"
"*Não dá, a Mariana não come calabresa...*"

Não sei quantas vezes já ouvi isso na minha vida, digo, nos últimos anos da minha vida. Sim, sou vegetariana. Ovolactovegetariana. E antes que você pergunte, não como carne, mas como queijo, ovo e derivados – ainda não me acostumei a ficar muito tempo sem eles, espero que consiga um dia. A verdade é que nunca me senti alguém de outro planeta por ter feito essa escolha, mas as pessoas à minha volta me fazem sentir assim, deslocada. Eu sempre preciso lembrá-las: "Galera, podemos ir ao restaurante que vocês quiserem que eu encontro algo para mim no cardápio, ok? Não se preocupem comigo!" Como eu gostaria que isso ficasse automático na cabeça das pessoas com quem convivo.

Faz alguns anos que não como carne. Por quê? Sei lá, não gosto, pesa no meu estômago e na minha consciência. Não me sinto confortável comendo algo cujo processo de produção é tão cruel. Fora que, sinceramente, me sinto no IML quando passo na frente da seção de carnes no supermercado. Sei lá, me dá um nó na garganta, um embrulho no estômago, e me faz achar que estamos regredindo cada vez mais como sociedade. Mas tudo bem, não gosto de explicar o processo nem de entrar nesse assunto sem saber se o outro quer ouvir. Acho algo muito pessoal e odeio a sensação de parecer que estou numa seita, tentando convencer alguém a fazer algo que faço com tanta verdade e leveza. Não estou aqui para hastear uma bandeira. Cada um faz o que achar melhor. Mas, para você ter noção de como a vida de quem tem restrições alimentares funciona, vou contar a primeira vez que eu e o Pedro saímos para jantar.

Fazia uma semana que havíamos nos conhecido e ele resolveu me ligar para me convidar para jantar – o que achei demais, não foi uma mensagem no WhatsApp! Eram oito e meia da noite, ele me buscou em casa (não que eu faça questão, mas aconteceu, era caminho, enfim...) e disse que me levaria para um restaurante que ele adorava. E como estávamos naquele início, eufóricos, felizes e ansiosos para nos ver, nem questionei aonde iríamos. Achei que era secundário. Sabe, como quando você gosta de alguém, convida a pessoa para ir ao cinema e ela pergunta "que filme?", porra, o filme é só uma desculpa para te ver, nem eu sei o filme haha! Acontece que ele estava tão seguro de onde me levaria que eu também acabei me esquecendo de falar sobre o pequeno detalhe de que não como carne. Quando ele estacionou perto do restaurante, vi que era um japonês (e hoje em dia levar alguém para comer sushi é como levar ao cinema anos atrás, não tem erro) e, tudo bem, yakisoba de legumes é sempre uma boa saída. Eu já estava pensando em como contaria a ele sem desanimá-lo nem causar constrangimento, pois deixar de seguir meus princípios só para agradá-lo estava fora de cogitação.

Sentamos à mesa e deixamos o garçom fazer o papel dele: nos entregar o cardápio e empurrar a cadeira para nos acomodar melhor. Nunca fui muito acostumada com todos esses mimos, mas novas experiências são sempre bem-vindas, não é mesmo, Mariana? A maioria dos caras com que me relacionei me levava para tomar cerveja no barzinho da esquina e, no fundo, eu esperava que ele também gostasse do barzinho da esquina (ser adaptável é um ponto importantíssimo para mim). Vi como os olhos dele brilhavam com o cardápio nas mãos, parecia que ele já tinha em mente todos os pratos que pediria, e eu só conversando comigo mesma, ensaiando alguns diálogos, morrendo de vergonha de dizer que não comeria nada do que, provavelmente, ele iria escolher. Então, quando vi que ele já estava pronto para fazer o pedido, mas antes que chamasse o garçom, resolvi falar:

"Pedro, acho que esqueci de te contar uma coisa..."

"O quê!?", perguntou com aquele olhar de "não me desaponte, eu organizei tudo para nós".

"Não como carne... hehe!"

"Nem peixe?"

"Não, não...", eu já esperava essa pergunta clássica.

"Não sabia que você era vegetariana! Você não me avisou!"

"Não sou vegetari...". Antes de terminar, ele me cortou.

"Vegetariana, vegana, sei lá..."

"Hehe ovolactovegetariana, só não como carne, mas como ovo, tomo leite e derivados!

"Pelo menos isso, né? Haha!"

"Hehe". Aquela risada para não deixar o clima pesar.

Não sei se senti errado, mas me pareceu que a resposta dele tinha um tom de deboche. Mas relevei, como sempre, achando que era coisa da minha cabeça. Dei aquele sorriso de quem finge que entendeu e deixei passar. Não queria estragar o nosso primeiro jantar. Pedi meu yakisoba, que não estava dos melhores, mas não quis reclamar para não estragar a noite. De resto, estava tudo ótimo: a companhia, a conversa, os olhares, mas, volta e meia, eu sentia que ele queria que eu experimentasse algo do prato dele. "*Eu sei que você não gosta, mas experimenta esse aqui...*", Ele não chegou a me oferecer, mas a minha sensibilidade não falha; sei que ele ficou com uma pontada de decepção. E aquilo me deixou pensativa, ele parecia tão cabeça aberta, lendo um livro tão legal no dia em que nos conhecemos, falava tão bem de arte, demonstrava adorar o meu mundo interior, mas, na primeira diferença, já torceu, levemente, o nariz? Enfim, eu esperava outra reação, mas deixei passar, estava apaixonada e fechando os olhos para os indícios.

PS: Pelo menos ele não disse: "Uma vez fiquei três dias sem comer carne..." haha!

Sou grossa, mas um amorzinho

“Por que você nunca me dá carinho?”, perguntei esses dias ao Pedro.

“Pelo que eu lembre, desde que te conheci, você nunca foi muito disso...”

“Mas todo mundo gosta de carinho, sabia?” Pasmem, até eu.

“Claro que eu sei, mas sempre que faço um carinho parece que você entra em modo de alerta, como se não gostasse, ou fosse algo invasivo, e para mim é difícil lidar com isso.”

“Como assim ‘modo de alerta’?” Eu sei, não sou a mulher mais carinhosa do mundo, mas, sei lá, naquele dia eu estava diferente.

“Você fica estática, sem reação, parece que não sabe se entregar para o carinho que estou te dando.”

“É, talvez eu não saiba.”

“É, você não sabe.”

“Mas hoje eu quero, como faz?”

“Tudo bem, o difícil é eu saber quando você quer ou não.”

“Você tem que sentir, ué...”

“Não é tão fácil assim...”

“Você acha que sou muito grossa?!”

“Não sei, você é carinhosa em certos momentos, tem uma visão bonita sobre o amor, mas ao mesmo tempo tem algumas reações difíceis de interpretar, nunca sei se são brincadeiras ou grosserias de verdade. Fora que você até hoje se entregou muito pouco aos mimos que já tentei te fazer, digamos que você seja meiga como um tijolo...

Foi nesse dia que achei a melhor definição sobre mim: meiga como um tijolo. É, de fato, eu sou um tijolinho! Sou um pouco grossa, mesmo não querendo ser. Também sou meio estabanada e desligada. Mas isso não quer dizer que não haja amor em mim e na maneira como vejo o mundo, longe disso! Eu gosto de amar, de me apaixonar, gosto de ajudar quem precisa, fazer caridades genuínas e abraçar quem me transmite boa energia. A única questão é que não sei reagir muito bem em algumas situações amorosas, alguns carinhos que pedem muita entrega. Sou um pouco avessa a grude. Acontece que sou sensível, mas não melosa quando o assunto é relacionamento. Sou apaixonada, vivo os momentos com intensidade, mas não sou uma romântica nata. Acredito no amor, mas não sou muito afeita a cafuné ou carinhos nas mãos. E isso não quer dizer que eu não goste da pessoa, mas, sim, que não consigo demonstrar os meus sentimentos nas relações como demonstro nas outras áreas da vida haha! Sério, morro de medo – pavor! – de namorar alguém que me leve flores e chocolates no trabalho ou (uma ideia completamente estranha, puts!) pare com um carro de som na porta da minha casa e me faça uma declaração. Na verdade, acho que nunca namoraria alguém assim. Até porque não gosto de chocolate nem de coisas espalhafatosas. E não tenho lá muita paciência com fofuras, mas isso não significa que eu não goste de carinho também... A questão é: como fazer o Pedro entender esses meus limites, tão tênues, que nem eu entendo?

Algo muito peculiar acontece comigo quando sou fofa ou romântica em alguma situação – sim, esses momentos existem. Quando estou sendo fofa ou romântica, não gosto que me deixem sabendo que estou sendo fofa e romântica. Digo, não gosto que joguem na minha cara que estou sendo romântica; parece que me sinto vulnerável, mesmo isso sendo uma enorme besteira. Deu para entender?! Pode chegar de mansinho, fingindo que não sabe de nada, ir curtindo os meus momentos de romantismo, mas, caso me olhe nos olhos e diga "ah, você sendo romântica, o que aconteceu?", eu me fecho na hora. É automático. Coisa minha. E, diferente do que muitos pensam, eu digo que amo, que sinto saudade. Mas, claro, sempre seguido de um adjetivo lindo, ou não seria eu. Então, sempre que me refiro sentimentalmente a ele, digo: "Eu te amo, seu idiota" ou "Eu te adoro, seu besta".

E mudar isso seria como perder o meu jeitinho meigo de ser. Digamos que eu não seja a mulher mais delicada e fina do mundo. Ogrinha é um bom termo?

É... O Pedro sempre disse que eu parecia a Fiona! Nunca sei se deveria achar isso meigo ou um insulto. Mas, como a gente se zoava muito, sempre levei na brincadeira. Na verdade, toda a nossa relação era na base da brincadeira, com respeito, claro, mas cheia de brincadeiras. E quando você descobre alguém com quem, além de namorar, fazer sexo e construir uma casa de madeira perto da praia, você pode zoar, A VIDA FICA SENSACIONAL! Sinceramente, não conseguiria namorar alguém com quem eu não pudesse tirar com a cara. Parece que a maioria das pessoas gostaria de casar com alguém com quem vai construir uma vida linda, com filhos, cachorros e um grande jardim – e não é que eu não queira viver um grande amor, e não que isso (uma casa, filhos e cachorros) seja parâmetro para ser um grande amor, mas ok –, mas, antes de qualquer coisa, eu quero me casar com alguém que eu possa irritar pro resto da vida! Pentelhar, fazer brincadeiras idiotas, rir de coisas bestas, empurrar na piscina, contar as piadas infantis e sem graça que me vêm à mente sem ter que ficar mensurando previamente dentro de mim se a pessoa ficará chateada ou não... Santa paciência!

E, como vocês sabem, grande parte dessa culpa é da minha família, que também é toda meio casca-grossa, então acho que acabei me acostumando. E não sei até que ponto realmente a culpa é dela ou eu só estou terceirizando uma culpa que, no fundo, é minha. Talvez eu me sinta mais confortável tirando o peso de mim mesma, pode ser isso. Meu avô, pai da minha mãe, seu Delmar – sim, eu sei, parece nome de um daqueles restaurantezinhos que ficam de frente para o mar haha –, nunca foi o avô mais carinhoso do mundo. Sabe aquela pessoa que dá dois, três tapinhas nas costas quando a gente abraça? Que desconversa quando a gente diz que ama? Esse era o vô Delmar. Uma ótima pessoa, de verdade, mas que nunca soube demonstrar carinho. Muito menos receber. Sempre foi fechado, apesar de cuidar de todos sem se preocupar consigo mesmo.

Agora, pensando no diálogo que tive com Pedro, preciso admitir que ele tem razão. Eu não sei receber carinho, por mais que eu goste. Na verdade, eu não sei demonstrar que gosto de carinho. Às vezes gosto, às vezes não gosto. Caramba, se nem eu me entendo, por que ele deveria me entender? Um exemplo clássico é que andar de mãos dadas para mim é um sofrimento eterno, sério... Por que não podemos andar cada um no seu canto e, volta e meia, quando a vontade bater, darmos um beijinho, um toque com a mão na perna enquanto jantamos, coisas suaves, mas que também demonstram carinho? Aí fica aquela dúvida: será que sou grossa e fria ou o mundo é que é sentimental demais? Nunca saberei. O mais engraçado é que, ao mesmo tempo, gosto quando ele me faz um cafuné, vemos um filme abraçados e dormimos juntinhos. Gosto quando ele se lembra de mim e de supetão manda uma mensagem carinhosa durante o dia. É sempre uma surpresa boa! Sei lá, acho que a minha aversão é com grude mesmo; para mim, carinho é mais pontual e delicado.

Me lembro de um dia em que acordei e, ao tatear o criado-mudo em busca dos meus óculos, encontrei um pequeno bilhete que o Pedro tinha deixado, antes de sair, me descrevendo. Acho que era para ser uma mensagem de bom-dia. E ele sabe que eu adoro quando me descrevem, mesmo quando não são coisas tão bonitas de se ler. Mas, no caso, eram... "Amável, mas brava que só. Fria, seca, mas totalmente apaixonada. Educada, mas meio 'escrotinha', para usar o palavreado dela. Linda, mas meio 'vou com essa roupa mesmo, foda-se'... Todos dizem que ela é grossa, que não aceita a opinião dos outros e que é irônica, mas quem disse que ela não pode gostar de filmes de princesa, dar beijos ao pôr do sol ou pintar as unhas de rosa? Te amo, minha pequena ogrinha!" Essa mensagem, sem dúvida, me ganhou muito mais do que se ele tivesse copiado uma frase qualquer de algum autor bonitinho que circula pelas redes sociais e colocado no meu mural. Então, como eu sempre digo para as pessoas com quem me relaciono, "sei lá, me leve para viajar, para fazer sexo num lugar diferente, invente algo legal, me surpreenda, mas não me mande flores ou chocolates em forma de coração". Será que dizer isso é muito grosseiro? Será que realmente sou uma ogrinha?

É, eu sempre fui essa mescla de sensibilidade e grosseria. Um escudo? Não sei, talvez eu tenha medo de que vejam a minha fragilidade, vai saber... E não é porque sou assim por fora que também seja assim por dentro. Não é porque sou fechada que não há amor dentro de mim. E sabe o que é mais fantástico? Tem gente que gosta! E melhor, gosta pra caralho. Enfim, eu sou grossa, eu sei, mas no fundo, bem lá no fundo, eu sou um amorzinho!

Louquinha

"ELA É MUITO LOUQUINHA", já ouvi dizerem por aí, muitas vezes em alto e bom som. Quando ouço isso, porra, aí, sim, sei que estou vivendo a vida da maneira como sempre quis! Eu adoro ser considerada louca e, sempre que possível, faço coleção de loucurinhas na minha estante de lembranças. E, pior, tenho "tesão" toda vez que as pessoas me olham assim, fico mais convicta das minhas escolhas. Ser louquinha é colecionar vontades que não estão nos planos de muitos por aí. Quando carregamos conosco algo diferente, seja o que for, somos tachados de estranhos, loucos ou sei lá que termo as pessoas "normais" usam para definir pessoas que, para mim, são somente autênticas. Pesquisei por aqui e loucura, na definição de um dicionário que achei na gaveta do meu criado-mudo, é: "Distúrbio, alteração mental caracterizada pelo afastamento mais ou menos prolongado do indivíduo de seus métodos habituais de pensar, sentir e agir". Lendo isso, fiquei pensando, pirando, enquanto ouvia um blues daqueles que os caras tocam de olhos fechados, sentindo a música (adoro!): por qual motivo não fugir, se afastar dos métodos habituais de pensar, sentir e agir? Por qual motivo não amar sempre de uma forma diferente e cada vez mais entregue (por mais que eu tenha certa dificuldade), abrir a cabeça para pensar em outros níveis de razão e agir de acordo com o sentimento do momento? Se essa realmente for a definição de loucura, e ainda que eu tenha interpretado a definição e talvez a distorcido um pouco, eu tenho paixão de viver na loucura de, sempre que possível, fugir dos meus métodos habituais.

Na verdade, essas palavras me assustam: verdades absolutas, métodos habituais, valores morais, regras da sociedade, padrão... são palavras de gente, na minha concepção, essa, sim, louca, que precisa da segurança do mundo para viver o que considera certo. Sempre fui sensível para observar o mundo e, puts, como as pessoas precisam de certezas, de muletas, por mais frágeis que sejam, para sentirem que estão vivendo de maneira certa. A maneira que o mundo aprova. Convenhamos, qual é a maneira certa de viver? Casar, fazer sexo com poucas pessoas, gostar de cachorro, almoçar com a família todo domingo, ter filhos com pais presentes e heterossexuais, viajar pelo menos uma vez ao ano (de preferência para o exterior), ter um carro novo a cada três ou quatro anos, trabalhar oito horas por dia? Porra, que definição limitada de maneira certa de viver, não acha? A felicidade não precisa de tanta matemática nem de tantas regras; na verdade, a felicidade muitas vezes é a ausência de regras.

Pessoas que seguem o estilo e a conduta ditos corretos são imutáveis, previsíveis e acomodadas. Eu gosto de pessoas com jeito e opiniões diferentes dos meus. Gosto de gente que fala e vive a sua verdade, doa a quem doer. Viver a sua verdade dói, ser o que a gente é (sem se esquivar) pode ser doloroso. Muito mais fácil achar desculpas. Acontece que a autenticidade precisa de ruptura e de um toque transgressor. Pedro sempre achou que eu era louquinha, e muitas vezes ele ficava com receio de ser demais para ele. Ele nunca me falou isso, mas eu sentia, pelo olhar, o receio, o medo de a sociedade ver que ele, um homem, economista, filho de uma família de estirpe, estava se relacionando com uma... artista. Ele fingia tirar essa história de letra, mas, no fundo, eu sentia que mexia com ele. Confesso que isso sempre me desanimou, a maneira com que, muitas vezes, ele se importava com a opinião dos outros, por mais que dissesse ser livre e coisas do gênero. Os outros não sabem do que a gente precisa para ser feliz, e, se a minha "loucura" não faz mal a ninguém, por que se preocupar tanto? Será que essa preocupação era, na verdade, uma certa inveja por eu fazer coisas que eles gostariam de fazer mas que não têm coragem? Acontece que quando você começa a conviver com alguém diferente da sua realidade, aprende que as diferenças são bonitas e muito menos assustadoras do que parecem. Conviver com alguém diferente faz abrir a cabeça, faz ver a vida com outros olhos. As minhas melhores relações amorosas foram com pessoas totalmente diferentes de mim. Com elas, aprendi coisas que não sei se aprenderia na minha zona de conforto, com alguém igual a mim.

E, também, o que seria essa loucura? Ter coragem para viver o que você sente que deveria? Fazer tatuagem, transar no primeiro encontro, fazer uma faculdade que ninguém aprova, fugir com alguém, gastar o seu dinheiro em algo bobo (só para o mundo, mas não para você), não comer carne, querer morar na Índia, e não em Paris? Isso? Ah, que besteira! Engraçado, mas, para mim, loucura é abrir mão das suas vontades por causa da opinião de pessoas que nem te conhecem, e, se não te conhecem, como podem te julgar? Se isso não é loucura, o que mais é?

Às vezes é bom se questionar a respeito do que é mais importante para você. O presente ou o futuro, a sua opinião ou a dos outros, a sua verdade ou a verdade que te conforta? Loucura é viver infeliz por achar que o mundo não vai aceitar a sua maneira de ser feliz. Sou louquinha, maluca mesmo, e vivo com intensidade a minha arte, e se não sei se conseguiria viver de outra forma, é porque ela é muito maior que eu, me pede por inteira todos os dias, e, sempre que possível, me entrego sem pedir nada em troca. Sei lá, não consigo planejar ser feliz no futuro se não sou feliz no agora. Se vejo uma oportunidade de ser feliz, seja pedindo o prato mais caro do restaurante ou fazendo sexo na lavanderia de casa, eu me desprendo de todas as possíveis amarras e me entrego ao momento; depois eu penso, depois a gente mede as consequências, até porque elas nunca serão maiores do que a felicidade do momento vivido.

Baú de sensibilidade

Minha falta de jeito para dar e receber carinho, acho que herdei da minha família e da maneira como fui criada, não tive esse exemplo dentro de casa. Principalmente do meu pai. Como ele perdeu os pais cedo (não conheci os meus avós paternos), sinto que se fechou muito para o mundo e deixou para trás a vontade (ou a necessidade) de demonstrar carinho e amor. Como ele não teve, deve ter concluído que todo mundo conseguiria viver sem e, assim, ser até mais forte. Por mais que esse "mais forte" seja uma grande e enorme ilusão. Na cabeça dele, não deixar nos faltar nada ou preparar a janta nas noites de sexta-feira (e ficar chateado caso alguém não compareça) é a maneira como demonstra o seu amor. Mas com palavras ele não sabe expressar afeto. Não me lembro de ter alguma vez ouvido um "eu te amo" do meu pai. E, volta e meia, até arrisco dizer um "eu te amo", só para ver como ele reage, mas o "eu também" dele é tão sem emoção que parece que ele está concordando com alguma questão cotidiana: "Eu preciso dormir".

Não sei como a minha mãe conseguiu conviver todos esses anos com alguém tão fechado como o meu pai, já até falei isso pra ela, mas ela sempre desconversa ou responde coisas prontas do tipo “ele sempre foi assim, mas é um bom homem”. Como se ser “um bom homem” não fosse o mínimo...
Mas discutir com a minha mãe é sempre uma guerra sem fim, principalmente sobre o meu pai, que ela defende com unhas, dentes e qualquer outra coisa que esteja à mão haha! Daí penso que eles se merecem e nunca irão mudar, e que são felizes assim e pronto.

No geral, eles nunca foram de demonstrar muito os seus sentimentos, e eu sinto falta disso. Pensando agora, não sei por que nunca disse isso a eles; vergonha ou medo da resposta, sei lá. Não sei também se eles teriam sensibilidade para perceber isso de forma natural, sem achar que era frescura minha. Existe um bloqueio, uma barreira muito grande entre nós. Estranho perceber, depois de anos, que não tenho com eles a intimidade que gostaria de ter. Queria que fôssemos mais amigos, mais abertos uns com os outros, mas como ser assim se meu pai mal consegue compreender minha inclinação artística e menos ainda o meu irmão e a sua homossexualidade?

Nunca tive uma festa surpresa, nunca houve magia na minha casa. Na Páscoa, nunca esconderam os ovos de chocolate para que encontrássemos; no Natal, nunca deixaram os presentes debaixo da árvore nem colocaram meias na janela; no dia das crianças, sempre ouvi “você já não é mais criança”, mesmo que eu ainda tivesse nove anos; no meu aniversário, a falta de decoração era justificada como besteira, cara e desnecessária. Um bolo, um abraço sem emoção e uma roupa qualquer de presente eram suficientes. Carrego amarras pesadas e difíceis de romper. Muitas vezes digo que não me importo, que estou bem, que faz parte, que sou mais forte assim (reproduzindo as palavras do meu pai), mas, no fundo, sinto um vazio. Não sei se chega a ser mágoa. Muitas vezes a gente se protege para não bater de cara na porta das nossas tristezas mais profundas.

Eu sinto falta desse carinho, desses mimos, e sei que o meu irmão também sente. Nós tivemos uma infância boa, não podemos reclamar, fomos felizes e tivemos comida na mesa todos os dias. Nunca tivemos muito dinheiro, mas tínhamos tudo o que precisávamos para viver bem, e isso sempre foi o suficiente. Eu sei que muitas vezes coloquei o meu pai contra a parede, mas, apesar dos pesares, preciso admitir que ele sempre batalhou para nos oferecer uma vida confortável. Acontece que, com o tempo, percebi que essa "doação" tinha seu preço. Eu sentia, subliminarmente, que "porque ele pagou" deveríamos seguir as regras dele, como se essa fosse uma moeda de troca por todos esses anos de trabalho duro. Resumindo mal e porcamente, como se tudo o que ele nos proporcionou tivesse comprado a nossa liberdade de escolha. Sabe aqueles argumentos torpes de "filha minha...", "filho meu...", como se nós não tivéssemos asas? Como se fôssemos somente troféus das suas batalhas? Como se não fosse ele quem tivesse escolhido nos colocar no mundo...

Já minha mãe, nessas situações, sempre ficou calada, defendia o meu pai em todas as suas opiniões e isso, puts!, nos revoltava (eu e o meu irmão). Meu pai falava, muitas vezes sem razão, e ela fazia que sim com a cabeça, como se não restasse outra opção além de aceitar e concordar, afinal, era ele quem pagava as contas de casa, não é mesmo? Ele sabia que estava errado, mas não podia admitir o erro, para, sei lá, não perder a autoridade; ela sabia que ele estava errado, mas não podia retrucar, pois não podia tirar a autoridade dele... Não seria mais fácil todos serem sinceros e admitirem os próprios erros? Não seria isso uma família?!

Além de o meu pai ser assim, do jeito dele, o silêncio medroso da minha mãe me deixava irritada. E ela agia assim por respeito mesmo, para não tirar o "poder de provedor" dele, pois ele nunca chegou nem perto de qualquer tipo de agressão contra ela (e confio que ele nunca faria isso). É tão triste ver uma pessoa sem opinião, como se a vida dela não valesse o que de fato vale, como se ela fosse somente o espelho de um homem; um bom homem, mas somente um homem.

Enfim... Ela também era grosseira, não tanto quanto o meu pai, mas era. A diferença é que às vezes ela tinha rompantes amorosos, embora isso somente acontecesse quando o meu pai não estava presente. Era curioso perceber como ela era outra pessoa quando ele estava distante. Muito mais amorosa, sorridente e brincalhona – ok, nem tanto assim, mas um pouco mais haha! Lembro que quando meu irmão assumiu a homossexualidade para a nossa mãe (ele contou antes para ela) – eu já sabia, mesmo sem ele me dizer nada –, ela aceitou e compreendeu com calma a situação, deixou que ele contasse tudo até o final, chorou com ele, e senti que ela entendeu o filho naquele momento. Foi bonito! Era perceptível como o desespero maior dela não era por tudo o que ele teria que enfrentar (ainda hoje...), mas pela reação que o nosso pai teria ao saber da verdade.

A falta de sensibilidade do meu pai atingiu em cheio a maneira como a minha mãe se comporta. E eu e meu irmão temos que lutar diariamente para não seguir o mesmo caminho. Não precisávamos de uma grande festa, nem de presentes caros, só de carinho e dedicação, mas parecia que eles não tinham sensibilidade para preparar algo feito com o coração, e grande parte das nossas vontades expressas (como dar um presente especial para a nossa mãe, fazer uma festa surpresa, viajar para fora, trabalhar com o que gosta) era entendida pelo meu pai como frescura ou desperdício de tempo e dinheiro. Hoje, mais velha e com mais tatuagens, vejo como a nossa família carrega um baú de sensibilidade gigante, mas cuja chave ninguém sabe onde está. Todos se gostam, mas pouco dizem isso um ao outro... queria tanto conseguir dizer a eles que temos tão pouco tempo...

Hora de ir?

A gente não estava bem. E uma história assim nunca é algo que os dedos digitam com facilidade. Eu sofro sozinha, só o papel e a tela conseguem suportar e entender o tamanho do meu sofrimento – sempre os meus melhores terapeutas. Sabe quando encontramos a pessoa perfeita para as nossas imperfeições, mas, com o tempo, mesmo sem querer, ela se revela outra pessoa? Se revela uma pessoa com opiniões e atitudes que nunca imaginaríamos que teria? E a gente, mesmo sem entender, se angustia e pergunta: "Mas como? Por quê? Será que a pessoa mudou ou será que ela sempre foi assim e eu nunca percebi?".

É, Pedro e eu brigamos. Mas foi uma briga diferente das outras, envolveu coisas maiores e mais profundas do que uma briguinha qualquer. Na verdade, ele fez a pior coisa que poderia fazer comigo – e ele sabia disso, ele sabia... Mesmo tendo muitas coisas engasgadas na garganta e no coração, vou tentar resumir a história.

Eu nunca fui de fumar. Só em raras exceções, quando bebia, mas era coisa de uma, duas vezes por ano – até porque não éramos muito de sair à noite. É que o cigarro sempre foi um bom companheiro nos momentos em que apenas a bebida ou o silêncio não preenchiam o vazio da ansiedade. E o Pedro sempre soube disso, às vezes, até fumava comigo. Não que isso seja algo bonito de contar, mas, infelizmente, esse detalhe faz parte da história.

Era noite de sábado e estávamos num bar com um grupo de amigos meus de quem o Pedro, aparentemente, "não gostava muito". Coloquei entre aspas pois descobri naquela hora, durante a nossa briga, que ele não ia muito com a cara deles. Tínhamos saído algumas poucas vezes todos juntos, e Pedro nunca tinha reclamado, ao contrário, parecia até curtir. Sinceramente, não entendo o motivo de ele ter escondido a verdade de mim. De duas, uma: ou ele não queria me magoar – pois adoro esses meus amigos! – ou era só uma birra para chamar a minha atenção – que, pelo que conheço dele, seria a opção mais provável. Pedro sempre foi mais orgulhoso que eu, aquele tipo que gosta de confete, sabe? Então... não parece, mas esse é o Pedro.

Bebendo cerveja artesanal e comendo o bolinho de bacalhau eleito o melhor da cidade num desses concursos gastronômicos (e realmente é), conversávamos sobre as nossas viagens – as que gostaríamos de fazer ou já tínhamos feito –, sobre a vontade de trocar o forro da poltrona que o Pedro tinha ganhado da avó e sobre como a gente sentia saudade dos Tribalistas – e que saudade! Eram assuntos cotidianos e leves para um sábado à noite, que poderíamos dividir com amigos, o que pouco fazíamos ultimamente. Acontece que estávamos mais caseiros; as loucurinhas até davam as caras, mas, em sua maioria, eram só breves visitas com horário marcado, o que não me incomodava, acho que as relações vão amadurecendo e a gente aprende a lidar com toda essa calmaria.

Conversa vai, conversa vem, Pedro levantou para ir ao banheiro e, quando voltou, me viu fumando um cigarro – coisa que há meses eu não fazia –, e, só pelos movimentos dos olhos e das sobrancelhas dele, percebi que estava "incomodado" com a situação. Achei estranho, pois ele nunca tinha me lançado esse olhar de desaprovação, muito menos em uma situação como aquela. Mas relevei, continuei bebendo e fumando, sem pressa.

Quando voltei – eu estava em pé, a alguns passos da mesa, numa área aberta dentro do próprio bar –, sentei ao seu lado, coloquei a mão carinhosamente na sua perna e perguntei:

"Aconteceu alguma coisa?"

"Não, não...", respondeu, claramente chateado.

Sabendo que as primeiras respostas dele são sempre qualquer coisa menos o que ele gostaria de dizer, respirei e insisti mais um pouco:

"Aconteceu alguma coisa que eu sei, me diz..."

E, como um caminhão que descarrega entulhos num pátio vazio, ele desandou em falar:

“Eu não quero mais que você fume.”

Na hora, não esbocei nenhuma reação, mas fiquei em choque: “Sério que isso está acontecendo? Pedro me cobrando, tolhendo a minha liberdade?”, me perguntei. Para não criar nenhum atrito ali, prometi que não acenderia mais nenhum cigarro naquela noite e depois, com calma, conversaríamos em casa.

Ficamos mais algum tempo no bar, mas o humor dele não melhorou, parecia que estava ofendido, não sei... estranho, estranho. Eu não estava entendendo por que, de repente, ele tinha ficado tão incomodado com algo que já havia “aprovado” diversas vezes. Cheguei a pensar que ele estava criando algum atrito besta só para eu me cansar e terminar com ele... minha cabeça foi a mil, mas não era o perfil do Pedro ser assim tão covarde. Se ele quisesse terminar, que assumisse suas vontades. Pelo menos eu sempre esperei isso dele.

Chegando na casa dele, começamos uma discussão na cozinha, sabe aquelas que começam bobas, mas terminam despejando coisas que ninguém gostaria de ouvir? O tom de voz foi aumentando, e nós dois fomos ficando cada vez mais confiantes de que estávamos certos, ainda que a minha certeza fosse radicalmente contrária à dele. Até que ele encheu a boca para dizer que nunca se casaria comigo. Ao ouvir aquilo, fiquei paralisada, como se o meu mundo tivesse virado de cabeça pra baixo. De início não entendi, ou fingi que não entendi, só para me proteger desse tiro que havia levado. Mas, depois, meu coração apertou, a garganta fechou e aquele frio na espinha fez voo sem escala. E o que mais me entristeceu, ou potencializou a tristeza que eu sentia, foi que eu já havia ouvido isso mais de uma vez, de outros caras com quem me relacionei. Mas eu nunca tinha imaginado ouvir isso do Pedro, nem de brincadeira (bem sem graça). E isso mexeu comigo de uma forma que nem ele poderia dimensionar. Era como se ele gostasse que eu fosse louquinha, divertida, tatuada, mas... mãe dos seus filhos? Nunca! Como se eu fosse uma ótima pedida para uma aventura, algo passageiro, nunca para um amor da vida toda. Como ouvir isso e não me sentir sozinha na relação – seja ela como for?

Triste, perdida e com uma dor no peito que parecia não ter fim, saí correndo da casa dele, me perguntando o que havia de errado comigo. Estava tão desnorteada que não percebi, num primeiro momento, que, se havia algo de errado, não era comigo, mas com ele.

Alguns dias se passaram e, para Pedro, tínhamos tido só uma briguinha de fim de semana, mas, para mim, a magia havia se despedaçado. Acontece que ele me conheceu falando alto, fazendo valer minha opinião. Ele sempre soube que eu era assim, me aceitava e, mais, me elogiava por ser assim, autêntica, forte, segura – ainda que eu tivesse minhas fragilidades. Mas parece que ele tinha cansado. Como entender? Não tinha sido somente uma discussão, ali ele tinha revelado coisas que nunca haviam passado pela minha cabeça. Ele estava querendo me mudar e deixou claro que, se eu não mudasse, não teríamos futuro juntos.

Pedro não deixou de ser um cara legal. Mas, de olhos mais abertos, comecei a ver nele preconceitos, opiniões e posturas que eu nunca imaginei que ele teria. Será que ele tinha sido tão "especial" no começo só para me conquistar? Será que sempre tinha me levado na brincadeira e agora estava cansado de brincar de ficar com a "louquinha"? Muitas perguntas e nenhuma resposta que me aliviasse. Eu sabia que o homem por quem eu era tão apaixonada não era perfeito. E eu nem queria que fosse. Sempre soube dos seus defeitos, mas, em vez de questionar, procurava aceitá-los, conviver com eles. Mas, como ele revelou nessa discussão, ele não. E viver em um relacionamento em que o outro não te aceita é morrer aos poucos.

O fim da história? Fui embora. Pelo menos por um tempo. Faz uns dias. Não estou legal, não me sinto bem. Estou morrendo de saudade, mas sei, no fundo eu sei, que ele nunca vai mudar. E se eu o desculpar e ele ganhar confiança e achar que a nossa discussão foi mesmo só uma briguinha? Não foi. Perdi um amor? Não sei. Mas preciso cortar esse mal pela raiz, antes que eu não saiba mais como lidar comigo. E, na dúvida, prefiro viver sozinha do jeito que eu sou do que viver a dois do jeito que ele quer que eu seja.

Só...

Sabe aquele dia em que estamos querendo ficar sozinhos? No silêncio do nosso quarto, por menor que ele seja, com a janela fechada, deitados na cama, olhando para o teto, pensando nas coisas que aconteceram nas últimas semanas e nos deixando sentir aquela angústia que parece gritar dentro do nosso corpo?! Não sei se seu corpo grita, mas o meu grita. Hoje eu só quero ficar quieta, sozinha, na companhia do meu silêncio... Não me pergunte se aconteceu algo, se eu gostaria de sair para ver o novo filme do Almodóvar ou se já terminei de ler aquele livro que você diz que também está lendo. Eu sei, parece estranho. Sempre que estou precisando desse silêncio, por precaução, já deixo avisado para todos que estão em casa: "Estou de mau humor, por favor, me deixem quieta!", assim eles não acham que a minha possível grosseria (maior que a de costume) é gratuita ou sem motivo. É, avisei a todos que estou no quarto e, felizmente, eles me respeitam muito nesses momentos. Na verdade, não sei se de fato me deixam tão quieta por me respeitarem ou por não se importarem com o meu estado, enfim. Deitada no meu quarto, entre os travesseiros, um deles, obviamente, entre as minhas pernas, e ouvindo Evanescence (saudades!) no último volume (para não ouvir as conversas previsíveis dos meus pais na sala enquanto assistem a algum programa também previsível), fiquei pensando se perdoaria ou não a atitude do Pedro. E mais que isso, como me sentia com a situação toda, pois, apesar dos pesares, eu não sentia raiva dele, só sentia que talvez não fosse o tipo de relacionamento que eu gostaria de ter para mim. E, infelizmente, ele já tinha dado vários avisos, sutis e discretos, de que essas atitudes faziam parte da essência dele e não deixariam de acontecer só porque eu pedi ou porque ele estava sentindo a minha falta.

Fechei as janelas e as cortinas, me enfiei debaixo das cobertas e comecei a conversar com alguma música, a olhar o teto, a chorar e a fazer todas as coisas que preenchem o meu vazio. A maioria dos meus problemas é resolvida com o silêncio. Mesmo tendo dito adeus ao Pedro, não estou sabendo muito bem o que fazer. Mas, pelo menos neste fim de semana, não quero pensar nele, em nós; quero pensar em mim.

Ainda moro com meus pais e não tenho vergonha disso. Infelizmente, a minha carreira artística ainda não me permite voos maiores. Até abri um pequeno site – daqueles que você consegue fazer sozinha e vira a noite para tentar mudar a cor do topo da página e, quando consegue, comemora como se tivesse feito algo genial, mas, na verdade, você só mudou a cor do topo da sua página... – para vender as minhas obras e ganhar um trocado, mas ainda não vingou. Acho que preciso de um pouco mais de paciência... O Brasil não é um país que valoriza a arte, uma pena. Um pouco triste e solitária, observo a minha vida de um prisma maior e concluo que a minha carreira não decolou, que a minha relação com Pedro não está decolando e que a minha relação com a minha família nunca nem saiu da pista de pouso.

Poucos sabem, até porque, com o tempo, fui me afastando dos amigos que não têm a mesma energia que eu, e assim poucos restaram, mas não é porque repentinamente quero ficar em silêncio que eu esteja chateada com algo (muitas vezes, sim, porém nem sempre). Muito menos que queira me pendurar no parapeito do prédio. Juro. Acontece que o silêncio é a minha banda alternativa nos dias tempestivos. É um tempo precioso que uso para organizar o que a rotina e as pequenas tristezas desorganizam dentro de mim. Tenho tanta amizade com o silêncio que, só de olhar, ele já me traduz por inteira. Gosto de acordar devagar e pensar nas possibilidades do dia ainda na cama, por isso demoro para levantar. Gosto de ficar em silêncio para me livrar dos excessos que acumulo durante o dia. A alma de artista me consome muita energia. Gosto de ficar sozinha e conversar comigo mesma como se fosse a coisa mais normal do mundo.

Quando me perguntam, na maioria das vezes pessoas presas num tédio sem fim, o que eu faria se tivesse somente mais uma semana de vida, eu respondo, sem hesitar: "Ficaria em casa, no meu quarto, ouvindo música, pintando um quadro ou, como eu iria morrer mesmo, as paredes da casa inteira". Não sei, mas, para mim, chegar em casa e abraçar o silêncio do meu quarto é um presente especial. A minha energia toda se concentra no meu canto, nos quadros que tenho pendurados na parede e nos pincéis que guardo em cima da cômoda. Meu quarto sempre me deixa ser totalmente eu, sem me tolher. Eu gosto dos meus abajures, que, convenhamos, criam todo o charme e o clima do meu quarto. Eu gosto da minha cama, que range quando me mexo, da minha televisão de tubo em cima da cômoda, ao lado dos meus pinceis... é tudo tão meu, tão sincero.

Às vezes acho que voltei a ser como eu era quando criança – eu adorava brincar sozinha, passava horas assim –, pois cada vez mais gosto da solidão e do silêncio. Ficar em silêncio não é somente se desvencilhar das palavras, mas uma metáfora para a solidão. Ficar em silêncio é ficar sozinha ouvindo uma música, é abrir a janela com o intuito de ouvir os carros passarem, fazer uma janta gostosa na companhia apenas das nossas mãos desastradas, caminhar no parque, pintar um quadro ou uma parede, dizer um "te amo" num profundo diálogo com o teto, pois não temos mais tempo de dizer diretamente para a pessoa... O silêncio é sempre uma conversa com a nossa parte mais madura.

Ao optar pelo silêncio, eu abro espaço para a quietude, para ler um livro, rever algumas obras de arte que me fugiram da mente, pegar referência para uma nova tatuagem. Espero que um dia um outro alguém também goste e, principalmente, respeite o meu espaço e as minhas vontades. Caso contrário, haja diálogos com o teto do meu quarto...

Sim, diálogos, o meu teto me responde. O seu não?! Puts...

Uma nova chance

É, não tinha como continuar... minha cabeça pediu, implorou, fez todos os cálculos de prós e contras antes de dormir – ele era um bom homem, eu sabia... –, mas meu coração não desfibrilou, não voltou a bater feliz, e os meus olhos me mostraram seus defeitos cada vez mais sublinhados e em negrito. Mas que merda! Eu sabia que seria difícil fazer as coisas voltarem a ser como antes, até porque não há mágica nem truque para fazer os sentidos pulsarem como um dia já pulsaram. E no fundo a gente sabe que as coisas não voltam a ser como eram só porque a gente quer – por mais que tentemos nos enganar e dar continuidade a uma história cujo final já sabemos. Estranho, mas não sei explicar esse aperto que sinto, um misto de "eu o amo" com "mas não o admiro mais". Que sentimento perturbador. E amar alguém que a gente não admira é sempre uma luta contra o nosso bem-estar. Sensação estranha, mas tão presente, tão sincera. Confesso que não estava sabendo lidar com essas dúvidas... e quando a minha cabeça está assim, uma tempestade, eu sempre sigo a minha intuição. Ela dá a palavra final.

Alguns meses haviam passado, mas o Pedro continuava atrás de mim. Como se voltar fosse uma opção para ambos. Me ligava, mandava mensagens longas e cheias de belas palavras dizendo que gostaria de jantar comigo. Mas eu precisava ser forte e seguir em frente. Nosso relacionamento não existiria mais.

A verdade é que eu não queria magoá-lo, pois tenho um enorme carinho por ele, mas tive de tomar uma decisão. Ele estava se tornando insistente e repetitivo. Sabe quando alguém que você ama, ou amou, se torna insistente a ponto de você começar, volta e meia, a sentir pena? Ele precisava seguir a vida, levantar a cabeça. Correr atrás de mim dessa maneira não era justo conosco. Eu não iria voltar para ele, e vê-lo assim, me dava uma sensação péssima. Esse não era o Pedro que conheci. Ele era tão forte, tão decidido, nunca o imaginei assim, perdido, desnorteado. Não que ele não pudesse ficar assim, longe disso, mas já havia passado tempo demais, e ele precisava se reerguer e abraçar a sua autoestima. Eu estava de mãos atadas, não poderia fazer mais nada além de oferecer minha amizade, mesmo que isso não fosse o suficiente para ele. Como disse, não queria fazê-lo sofrer... e demorei para perceber que isso seria inevitável, pois, quanto mais oferecia a minha amizade, um ombro amigo e um olhar de "quando quiser pode me ligar", mais ele se afundava e criava esperanças. Pode parecer cruel, mas, para ajudá-lo, tive que cortar o vínculo, parar de responder às investidas dele. Por mais que isso doesse em mim – mesmo ele não imaginando o tamanho dessa dor –, foi a decisão que tomei. A ruptura foi necessária. A vida precisa continuar, e a gente não pode ficar dando esperanças ao outro só por "pena". Até porque eu odeio sentir pena.

Foi difícil, chorei, me desmontei por várias noites seguidas, mas, depois de um tempo olhando tudo "de longe", passei a carregar a certeza de que tinha feito a escolha certa. Por mais difícil que seja admitir isso, é a mais pura verdade. Ele, esporadicamente, ainda me procura e me pergunta como estou, principalmente de madrugada – parece ficar corajoso quando bebe, quando fica carente ou sente saudade de uma companhia. E ele sabe que eu era uma boa companhia, alguém em que podia confiar, mesmo com todas as minhas loucurinhas. Mas eu não nasci só para ser alguém que preenche carências e saudades pontuais. Eu era mais que isso e precisava me valorizar.

Sou daquelas que quando cansam, cansam pra valer. Não consigo reviver algo que, dentro de mim, já morreu. Não entendo a mania de algumas pessoas de querer continuar algo que elas também sabem que já passou. Será que é porque é mais seguro, ou cômodo, manter o que já conhecem, ainda que isso só cause sofrimento? Pode soar egocêntrico, mas, para mim, acabou, não há conversa nem palavra ou promessa que façam minha pele e meu coração vibrarem como antes. E eu preciso que ele aprenda a respeitar isso, por mais doloroso que seja.

Com o Pedro cada vez mais distante dos meus pensamentos e do meu coração, na casa dos meus pais, deitada no sofá da sala, pertinho do abajur colorido que a minha mãe adora, comendo um lanche que pedi para entregar e vendo na

Netflix um filme que já tentei assistir várias vezes, mas nunca consigo terminar, pois acabo dormindo vinte minutos depois, resolvi fazer algo inusitado. Depois de um tempo sem sentir nada de novo e um pouco frustrada com as relações do mundo, resolvi baixar um daqueles aplicativos para conhecer pessoas. Eu não queria conhecer ninguém, fato, mas sei lá o que me deu... talvez eu só quisesse alimentar o meu ego, escolher as minhas melhores fotos e me sentir bonita – quem nunca? Mesmo que na minha cabeça ficasse ecoando em alto e bom som: "EU BAIXEI UM APLICATIVO DE RELACIONAMENTO, EU BAIXEI UM APLICATIVO DE RELACIONAMENTO!" – em looping infinito. Eu, Mariana, que muitas vezes tive atitude para chegar nos homens? Eu, Mariana, que sempre fui tão descolada e bem resolvida? O que é isso? O que está acontecendo? Os preconceitos faziam fila, e, na minha cabeça, eu me persuadia dizendo "só vou ver qual é, amanhã eu deleto". Adoro essas desculpinhas que a gente se dá para se defender dos próprios julgamentos hehe!

Mas tudo bem, eu já havia baixado o aplicativo, cadastrado os pré-requisitos básicos, lido todos os termos possíveis, preocupadíssima para não postarem nada nas minhas redes sociais, e pronto. Eu estava numa rede social para conhecer pessoas – puta merda! Na verdade, estava me sentindo engraçada. Eu, que sempre fui tão cabeça aberta, com receio de algo tão simples? Não sei por quê, mas passei por cima da minha vergonha, do meu leve preconceito e fui em frente. Entrei, escolhi algumas fotos que mostravam um pouquinho de mim, mas não entregavam o ouro. Sabe aquelas fotos de costas, com o rosto meio tampado, em preto e branco, nas quais o foco nunca é você, mas na verdade é? Então... Não escrevi nada nos campos sobre mim, coloquei só o meu primeiro nome e deixei tudo com um certo ar de mistério.

De início foi divertido, vários homens curtindo as minhas fotos – confesso que o objetivo de levantar, de leve, a autoestima funcionou –, alguns com papos estranhos, outros com fotos estranhas (e obscenas, argh!), outros que puxavam conversa e sumiam. Nada de muito interessante, no máximo divertidinho. No diminutivo mesmo. Até que um cara, com fotos sem foco (o mesmo recurso que eu usei...) – uma na praia, em que parte de seu rosto, com um sorriso, aparecia num canto, e outra na qual corria com um cachorro –, despertou minha atenção. Como faria na vida real, resolvi demonstrar o meu interesse e, por sorte, ele correspondeu.

"E aííí, Mariana?!"

"oioi." Henrique era o nome dele.

"Tudo bem???"

"tuuudo e aí?" Sempre multiplico as vogais para parecer menos grosseira hehe!

"Tudo certo! O que faz da vida?"

"gosto de viajar, por mais que não tenha viajado muito, não gosto de homens sem atitude, não como carne e me aventuro na arte, vivendo, sempre que possível, com os dedos sujos de tinta... e você?" Comecei com toda a sinceridade que estava guardada na garganta; sei que assusta, mas quem quiser que fique hehe!

“Ah, que legal! Sou veterinário, digamos que, sempre que possível, eu seja o segundo pai dos animais e esteja com as roupas cheias de pelos ;)”

“que legal!” Aquele papo protocolar, sabe como é...

“Deixa eu te fazer uma pergunta um pouco atípica e um pouco fora dos padrões hehe... adoro tatuagens, você tem alguma?”

Puts...

SOFIA

A batedeira

"Sofia, a comida está na mesa!", gritava da cozinha minha mãe, o pano de louça no ombro, como se a nossa casa fosse gigantesca, e não a casinha de boneca que era – pequena, humilde, mas toda ajeitadinha. Esta era a frase que eu mais gostava de ouvir: "a comida está na mesa!".

Eu gosto de tudo que envolve comida, mesmo!, mas gosto principalmente de doces... coisa de gente com mentalidade gordinha, e corpo também, no meu caso. A minha relação de amor com a comida vem desde muito cedo. Para você ter uma ideia, mesmo eu tendo várias bonecas, algumas sem olho e com cabelo ralinho de tanto brincar, os meus brinquedos preferidos sempre foram as panelas de Teflon, os panos de pratos e as colheres de madeira da minha mãe. Sim, os da cozinha mesmo; não tínhamos dinheiro para comprar aqueles de brinquedo, bonitos e coloridos que eu via nas vitrines das lojas.

Por conta dessa minha paixão por esses brinquedos, teve uma vez que "roubei" um pano de prato e uma colher de madeira da cozinha da minha avó para poder brincar em casa. Claro que não foi por maldade; eu peguei porque sabia que ela não me emprestaria. Minha avó não era das mais bem-humoradas e sempre foi muito apegada a seus pertences, principalmente os da cozinha. Quando chegamos em casa e a minha mãe descobriu o que eu havia feito, ela me olhou de um jeito que, só de lembrar, me dá calafrios e me disse que eu nunca deveria ter feito aquilo – com toda a razão. Ela me pegou pelo braço, com aquela delicadeza de quem é íntima do rolo de massa, e me fez voltar, andando, até a casa da minha avó, que ficava a uns quinze minutos da nossa, para pedir desculpas e devolver as coisas. Hoje, relembrando essa cena, fica claro que eu sabia mesmo do que gostava, afinal, pensa comigo, não é toda criança que rouba uma colher de madeira para brincar, não é mesmo?

Eu sempre brinquei de casinha e "cozinhava" tudo o que visse pela frente! Pegava milho, feijão e qualquer coisa que pudesse colocar dentro das panelas e fingir que estava cozinhando. Quando minha mãe estava com paciência, ela me ensinava a fazer comida "de verdade". Mas, claro, tudo sem fogo.

Além de brincar de cozinhar, outra coisa de que eu gostava quando criança era poder almoçar todos os dias em casa – uma vantagem de ser do interior: tudo fica perto de tudo. Sabe, comida feita em casa é sempre mais gostosa do que a de rua, pelo menos era o que a minha mãe sempre dizia. Não sei se era uma verdade ou só uma maneira de ela fazer eu valorizar todo o trabalho que ela tinha em cozinhar. Mães!

Minha mãe sempre foi uma cozinheira de mão cheia, e acho que uma das coisas que deixavam a comida dela ainda mais gostosa era o fato de a maioria dos ingredientes ser fresca. No quintal atrás de casa, tínhamos uma pequena horta. Sim, plantávamos os nossos próprios legumes, verduras e temperos, e sempre que precisávamos temperar algo ou quiséssemos fazer um chá antes de dormir, era só ir buscar um pouquinho de salsinha ou hortelã no quintal.

Ver a minha mãe cozinhando sempre foi algo que me fascinou; na verdade, era uma coisa quase hipnótica e que me deixava com vontade de aprender todas as técnicas. A maneira como ela amassava o nhoque de batata com as mãos era quase uma arte! A agilidade com que separava as gemas das claras era impressionante! O modo como sabia o ponto do bolo só de olhar pelo vidrinho do forno é inexplicável para mim até hoje.

Nós costumávamos passar tardes e tardes na cozinha, eu ficava observando com atenção o carinho com que ela tratava os alimentos. Mesmo ela tendo aquele jeito rígido, era muito delicada ao lidar com os alimentos. A maneira como deixava a farinha cair pelos dedos, a firmeza com que mexia as colheres dentro das panelas, era como se estivesse regendo uma orquestra enquanto cozinhava. Todos os movimentos pareciam calculados e tinham uma leveza e uma precisão únicas. Minha mãe não fez faculdade nem nenhum curso de culinária, tudo o que ela aprendeu foi por experiência própria, testando. Ela até gostava de ler alguns livros de receitas, mas só aqueles que ensinavam comidas mais caseiras, porque ela gostava mesmo de cozinhar coisas do dia a dia. Sabe, a comida dela tinha aquele gosto de comida feita com amor.

Me lembro da minha mãe fazendo bolo – de fubá, meu favorito – domingo à tarde, com a batedeira que ganhou de presente da minha avó. Uma batedeira branca, que foi ficando amarelada por causa dos anos de exposição ao sol – durante a tarde, batia um sol maravilhoso na janela da cozinha –, bem antiga, que fazia um barulho que parecia com o de um aspirador de pó. Os bolos que a minha mãe fazia eram simples, daqueles que a gente come tomando café (quando pequena, eu não via a hora de poder tomar café como os adultos) durante a tarde, nada daquelas esculturas que a gente vê por aí hoje. No interior, a gente preza pela simplicidade – a maioria de nós, pelo menos –, e tomar café da tarde é quase uma tradição; a nossa casa costumava ficar cheia na hora do café da tarde de domingo. E comíamos de tudo: biscoito de polvilho, bolo de fubá, sanduíches de broa de milho, doces maravilhosos... Me dá até água na boca lembrar!

Se você me pedisse para escolher o objeto que mais simbolizava a ligação da minha mãe – e, consequentemente, a minha – com a cozinha, seria aquela batedeira branca. Não sei se pelo barulho alto ou pelas batidas que a minha mãe dava nela para funcionar direito; só sei que essa lembrança ainda é muito viva na minha mente. E, quando ela resmungava, irritada, que queria uma batedeira nova, eu me sentia triste por não poder dar esse presente a ela, mas eu era apenas uma criança. Até hoje, quando passo em frente a qualquer loja de eletrodomésticos chiques, fico olhando aquelas batedeiras modernas, coloridas e brilhantes e penso em como gostaria de poder ter dado uma daquelas para a minha mãe...

Amigas páginas

Nunca houve nada muito grandioso para fazer na minha cidade. Nem mesmo nos fins de semana. Acredite se quiser, mas nem cinema tinha. E acho que foi por causa disso que desenvolvi o gosto que tenho pela leitura. Era meu jeito de conhecer um mundo diferente daquele em que eu vivia.

Não que fosse fácil ser uma devoradora de livros morando ali, afinal, não tinha nem livraria! E a única biblioteca era a da escola pública em que eu estudava, que não tinha livros tão novos assim; sem contar que eu já tinha lido grande parte do acervo disponível. Se eu quisesse muito, mas muito mesmo, ler algum livro que tinha acabado de ser lançado, precisava praticamente implorar para minha mãe ir comigo até a cidade vizinha, que era um pouco maior, ou esperar o dono da papelaria trazer as principais novidades – entre elas, às vezes aparecia um livro –, coisa que acontecia uma vez a cada três meses, se eu tivesse sorte.

Quando não estava estudando ou ajudando minha mãe na cozinha, eu costumava passar grande parte do meu tempo livre no meu quarto, lendo e me imaginando como uma personagem de cada uma daquelas histórias. Eu lia de tudo, mas, de longe, os meus livros favoritos sempre foram os romances. Por causa deles, eu vivia nas nuvens, ficava fantasiando sobre viver um grande amor, cheio de reviravoltas, mas sempre com um final feliz. Achava, e ainda acho, importante sonhar. São os sonhos que nos fazem seguir em frente.

Ler sempre foi algo especial para mim, algo que me fazia acreditar em coisas que talvez só eu acreditasse. Esse poder que o livro tem de nos teletransportar para um mundo novo e livre dos problemas reais é mágico e necessário.

Livros são como amigos, nos dão conselhos e liberdade, abrem a nossa cabeça para o mundo. Potencializam nossa imaginação. Os livros pelos quais tenho mais carinho estão até hoje na minha estante – organizados pela cor da capa e pelo nome do autor –, e volta e meia, quando preciso de um pouco de paz, pego um deles para folhear e ler um trechinho, ou dar uma olhada nas anotações que fiz nas margens; elas dizem muito sobre mim. Esses livros ainda têm o poder, mesmo depois de anos, de deixar a minha alma leve e apaixonada, mesmo quando estou carregando toda a ansiedade do mundo nas costas. E olha que, se existe alguém ansiosa neste mundo, de coração, sou eu. Quando nada mais me acalma, só me restam os meus livros.

Uma coisa que me deixava triste muitas vezes era que as pessoas na minha cidade pareciam não entender quem gostava de ler; era como se esperassem que eu tivesse que estar sempre na praça com meus amigos, mesmo que não fazendo nada.

Me olhavam como se eu estivesse perdendo tempo lendo, sozinha, no meu quarto. Mas a minha mãe, mesmo não sendo um modelo de leitora, nunca me julgou, e, por mais que não tivéssemos dinheiro sobrando, ela sempre dava um jeito de me comprar livros novos. Sabe, sempre tive vontade de poder mostrar às pessoas quão poderosa é a conexão do nosso íntimo com um livro que toque a nossa alma. Queria conseguir mostrar para as pessoas como um livro pode mudar a nossa vida.

Sempre que eu terminava de ler um livro que mexia comigo, parava para refletir sobre ele e, sem ver o tempo passar, ficava olhando o mundo pela janela do meu quarto. A janela ficava de frente para um ipê-amarelo, que, na primavera, era a vista mais bonita que eu poderia ter. Sempre tive vontade de colocar umas luzinhas, como aquelas de Natal, naquele ipê. Ficaria lindo! Ficava imaginando, à noite, a janela aberta, o ipê iluminado e eu lendo meus livros à luz daquela árvore mágica. Ela seria meu abajur, e eu a desligaria na hora de dormir. Seria demais!

De todo modo, com ou sem o ipê iluminado, os livros continuavam sendo meus companheiros das noites. Assim, na cabeceira da minha cama, jaziam meus maiores medos, sonhos e ansiedades dentro das páginas rabiscadas dos meus livros.

De coração

Eu vivo no mundo da lua. Sou daquelas, como dizem por aí, românticas incorrigíveis! Sou melodramática – adoro essa palavra! – ao extremo e completamente feliz por existir e poder aproveitar todas as pequenas coisas da vida. De coração, eu gosto da paixão que tenho pela vida, pelos animais, pelas flores, por canetas coloridas – adoro cores! – e pelas coisas pequeninas da vida. Me divirto com pouco, sempre fui assim; gosto de pular, de sorrir, de cantar e de fazer todas essas coisas que os adultos evitam fazer por sei lá qual motivo.

Como todo mundo, tenho manias, algumas normais, outras nem tanto. Faço coleção de objetos que encontro na rua e acho bonitinhos, folhas, pedras, flores – se eu tivesse oportunidade de viajar por aí, seria daquelas pessoas que colecionam cartões-postais, ímãs de geladeira e chaveiros.

Tenho um ideal de amor que faz as pessoas mais "sensatas" insistirem em dizer que é coisa de gente ingênua. E talvez até seja, mas qual o problema em viver com um pé na ingenuidade?

Acho a ingenuidade uma qualidade; conservar as emoções puras é algo tão bonito, não acha? Não sei, mas nunca gostei da ideia de ser sensata, me parece algo chato e sem graça.

Se você pedisse para eu me definir em poucas palavras, eu diria: lápis de cor, sapatilhas, trevos, algodão-doce, Marisa Monte, risada no meio do cinema, conchas, bolo de chocolate com morango, coincidências, John Mayer, lembranças que me fazem chorar e rir ao mesmo tempo, canecas, post-it, cactos, tortas com café, coalas, jardim, panelas coloridas, mar, pijama, frio na barriga, melancia, Anavitória, cobertores felpudos, sorvete de casquinha, abraço de mãe, almofadas e um amor para a vida inteira. Não foram tão poucas palavras assim, eu sei. Mas são todas coisas de gente feliz.

Você pode ter percebido que eu gosto de música, e o engraçado é que, mesmo eu sendo uma pessoa animada, de bem com a vida, a minha playlist é cheia de músicas tristes. Não sei por que, mas gosto de ouvir músicas que me fazem chorar. O que não quer dizer que eu não ouça outros tipos de música nem me deixe envolver por elas também. Quando ouço uma música, sinto como se estivesse vivendo aquilo que ela está narrando; se elas são tristes, eu me tranco no quarto e choro; se são dançantes, danço em cima da cama, da escrivaninha – até tiro a minha mãe para dançar comigo; se têm uma letra maravilhosa, canto a plenos pulmões no chuveiro para a vizinhança inteira ouvir. Às vezes, os vizinhos reclamam das minhas cantorias, mas tudo bem, nada que um pouco de bom humor não resolva.

Às vezes me pergunto: o que seria de mim sem os meus livros e as minhas músicas? De coração, acho que nada! Sinto que eles ajudam a construir as minhas emoções e as esperanças que tenho em relação ao mundo.

A minha vida é cheia de expressões de espanto e onomatopeias. Sou medrosa e suo mais do que deveria – mas essa parte ninguém precisa saber. Adoro borboletas, o barulhinho da batedeira da minha mãe e o cheirinho de um bolo quando começa a ficar pronto.

Me apaixono fácil (platonicamente) e me controlo para isso não acontecer com muita frequência. Sou ansiosa, sonhadora e apaixonada, e gosto dessas minhas características; o problema é quando elas resolvem dar as caras todas no mesmo momento. Aí não consigo controlar e me perco, fico afobada e não resolvo nada. Imagina conviver com alguém que sonha muito, mas, ao mesmo tempo, pela ansiedade, tem medo dos próprios sonhos. É... sou intensa na alegria e na tristeza. Quando Deus me fez, acho que decidiu colocar uma pitada generosa de sentimentos e dúvidas.

De coração, viver no mundo da lua não é nem de longe não se preocupar com nada, mas, sim, se preocupar com tudo. São tantas coisas lindas na vida para prestarmos atenção que o que alguns dizem ser importante, às vezes, nem é tão importante assim. Tirar fotos de flores e animais é importante, andar descalça é importante, coisas bobas são importantíssimas. Sou tudo o que uma personagem de comédia romântica pode ser: ingênua, apaixonada, ansiosa, mas, no geral, sou autêntica. Viver no mundo da lua é estar distante, mas estar sempre olhando para a Terra com carinho e cuidado, e não, como muitos pensam, com desatenção.

Câncer

Esse foi o diagnóstico.

Não estava sabendo lidar com isso. Não sabia se chorava, se me escondia debaixo das cobertas e esperava tudo se acalmar ou se abraçava a minha mãe e não soltava nunca mais. Queria passar um pouco de calma para ela naquele momento, mas não conseguia. Na verdade, nem sabia o que dizer. Quando recebi a notícia, além de segurar os soluços que teimavam em subir pela minha garganta, eu só conseguia pensar: “E se ela morrer? Para quem vou contar as coisas do meu coração? Quem vai entrar comigo na igreja quando eucasar? Quem vai cozinhar comigo nos fins de semana?
Será que um dia vou aprender a lidar com a perda?”. Eram tantas questões que a minha vontade, naquele momento, era de sumir, ir para um lugar onde não existisse a possibilidade do adeus.

O momento em que recebi a notícia foi o mais assustador da minha vida. Eu tinha acabado de fazer uma prova de biologia – briófitas, pteridófitas, vasos condutores de seiva... essas coisas –

e estava animada para chegar em casa logo e contar para a minha mãe que havia ido bem. Ela sempre gostou de saber sobre o meu dia na escola, mesmo que confiasse plenamente em mim e na minha capacidade de evitar notas vermelhas. Quando cheguei em casa, ainda com a mochila nas costas, carregada de livros que nem havia usado, percebi que algo estava errado, a casa estava mais silenciosa do que o normal. A minha mãe sempre foi barulhenta, de falar muito, e era muito raro estar em casa sem a televisão ligada no último volume ou cantando a plenos pulmões as músicas que estavam tocando no rádio.

Silêncio demais, aprendi naquele dia, nem sempre é sinal de paz.

Antes de eu sair para a escola, minha mãe havia me dito que pegaria um ônibus – não tínhamos carro – para ir até a cidade vizinha fazer alguns exames de rotina. A palavra "rotina" deveria nos deixar mais calmos e tranquilos, mas não é isso que acontece. A verdade é que eu não sabia se ela estava mesmo indo fazer exames de rotina ou se tinha dito isso para eu não me preocupar – afinal, ela sabia que sou preocupada e ansiosa. Ao chegar em casa e notar o silêncio e as dúvidas que enchiam a cabeça da minha mãe – quando a gente ama alguém, enxerga além do que os olhos conseguem ver –, percebi que algo havia acontecido. Fui juntando os sinais e, com a voz um pouco estremecida, perguntei:

"Mãe, aconteceu alguma coisa? Como foi o exame?"

"Não, não..."

Ela estava dispersa e nem tinha ouvido a minha pergunta direito; era como se estivesse com a cabeça em outro planeta, atitude que correspondia muito mais ao meu jeito de ser do que ao dela. Ela é uma daquelas mães duronas, sabe, que falam muito, mas não sobre os próprios sentimentos, e sempre me criou sozinha, com muito amor, mas poucos mimos, para que eu não ficasse despreparada para o mundo.

"Não o quê?!"

"Não aconteceu nada..."

"E os exames, como foram?"

Ela ficou em silêncio por alguns segundos e, com um olhar confuso, porém sereno, respondeu:

"Ah, apareceram alguns probleminhas..."

Ela contava aquilo com tranquilidade, como se não fosse nada. Já eu, assustada e sabendo que ela havia colocado uma pitada de eufemismo na resposta, retruquei:

"Fala, mãe! Pode parar de enrolar e me conta logo o que aconteceu!"

"Então... eles acharam um pequeno nódulo, acho que é assim que eles chamam, no meu seio esquerdo..."

"E isso significa o quê?"

Eu já sabia a resposta, mas queria ouvir da sua boca. Meias palavras não seriam suficientes naquele momento.

"Significa que eles acham que pode ser câncer de mama, mas que ainda vou precisar fazer mais alguns exames para confirmar..."

Depois de ouvir a palavra "câncer", não consegui prestar atenção em mais nada. Ela até disse mais algumas coisas, contou o que o médico havia dito e quais seriam os próximos passos, mas não consegui assimilar nada, era como se eu tivesse saído do ar. Com os olhos vermelhos pela vontade louca de chorar, corri e a abracei. Ela me abraçou de volta, bem apertado, e disse no meu ouvido:

"Vai ficar tudo bem, não vai ser nada, você vai ver..."

Ouvir a sua mãe dizer, com uma calma com que você nunca a ouviu falar antes, que "não vai ser nada...", quando, no fundo, você sabe que pode ser algo muito grave é de uma tristeza infinita. Ela, claramente, estava se fingindo de forte para me proteger. E eu precisava disso. Naquele momento, eu gostaria, de coração, de conseguir demonstrar a força e a certeza de que tudo realmente ficaria bem, mas eu não tinha energia para isso.

Embora eu quisesse acreditar no que a minha mãe dizia, eu só conseguia imaginar o pior. Nada tira da minha cabeça que, no momento em que me contou, ela já sabia o resultado, mas preferiu me poupar.

Depois de ficarmos abraçadas por alguns minutos no meio da cozinha, minha mãe pegou as coisas dela e me disse que ia tomar um banho quente. Acho que para tirar das costas o peso da notícia. E eu, depois de ficar mais algum tempo parada ali, sozinha, peguei a minha mochila e fui para o meu quarto. Entrei, tranquei a porta, como se isso pudesse me proteger das más notícias, e, com as luzes ainda apagadas, desabei. No chão do meu quarto, chorei.

Fiquei pensando em todas as possibilidades que poderiam acontecer. Pensei em como lidaria com a morte dela e, na sequência, tentei convencer a mim mesma de que não seria algo tão grave assim, afinal, existem muitas pessoas que sobrevivem ao câncer de mama, não é mesmo!?

Naquele momento, encolhida no chão do meu quarto, eu vivia um misto de ilusão, desespero e positividade. Não sabia se estava sendo positiva ou se estava me iludindo, não queria acreditar, mas eu precisava ser forte, ter pensamento positivo e, mais do que isso, transmitir esperança para ela. Até porque eu tinha lido uma vez que a positividade, a alegria e a fé ajudavam no processo do tratamento. De qualquer forma, era estranho sentir que ela, que estava enfrentando toda essa situação, estava tranquila, e eu, mera refém do medo do adeus, estava destroçada. Eu só queria que ela ficasse bem e voltasse a sorrir.

Existem coisas que somente uma boa noite de sono e um novo amanhecer podem curar, ou, pelo menos, nos fazer pensar com mais lucidez. Dormir apazigua o coração, a alma, as decisões e as palavras precipitadas, por isso achei que seria a melhor decisão para ambas. Nós duas estávamos precisando de um descanso, de silêncio. No dia seguinte, conseguiríamos pensar com mais calma sobre o que faríamos dali para a frente.

Antes de deitar, fui fechar a janela do meu quarto, pois estava um pouco frio e os vagalumes insistiam em entrar. Quando cheguei à janela, ouvi o chuveiro ligado – o basculante do banheiro ficava rente à minha janela –; fazia quase trinta minutos que a minha mãe estava no banho. Ouvia-a sussurrar em meio aos soluços, coisa que pouco, talvez nunca, havia ouvido... Naquele momento, emocionada por vê-la entregue às suas dores, percebi que eu não tinha outra opção além de ser forte.

Eu precisava ser forte. Por ela.

Caixinha de madeira

Os dias que se seguiram à descoberta da doença da minha mãe foram difíceis. Ela andava um pouco distante, cabisbaixa – com toda a razão. Dizia que estava tudo bem, mas eu via, nas pequenas coisas, os sinais de que não estava. A vontade dela de cozinhar, que sempre tinha sido a sua maior alegria, não era mais a mesma. Ela passou a cozinhar porque a gente tinha que comer – só por isso. As cantorias que preenchiam a cozinha de vida baixaram de tom, nem o rádio ela ligava mais. Mas, apesar de tudo isso, desde o dia em que ela me contou sobre o exame, nunca mais a vi (ou ouvi) chorar.

Sinceramente, não sei se eu teria todo esse autocontrole que ela estava demonstrando. Acho que ela só estava sendo forte para não me passar insegurança, para eu seguir acreditando que tudo ficaria bem. Eu gostaria de conseguir conversar com ela com franqueza, contar o que se passava na minha cabeça e saber o que se passava na dela, mas as palavras teimavam em não sair da minha boca. Não sei se por medo de ouvir algumas verdades ou por não querer desviar a minha mãe do que, para mim, era o momento dela. Sabia que ela precisava refletir, digerir a notícia. Ao olhá-la, de longe, lavando a louça ou fazendo os outros serviços da casa, num silêncio que partia o meu coração, sentia que ela não estava pronta para conversar sobre o assunto. E eu também não. Sempre fomos tão próximas, mas naquele instante havia um abismo entre nós.

A minha saída para lidar com essas palavras presas na garganta, e que não tenho com quem dividir, é escrever. Me abro em folhas que, na maioria das vezes – na verdade, sempre –, guardo numa caixinha de madeira que fica em cima da minha escrivaninha.

Eu sempre gostei de escrever e acredito que esse tenha sido um dos benefícios que a solidão do meu quarto, do meu mundo, me trouxe. Em todos os momentos em que nada mais me preenche, nem comidas com cheirinho de bom-dia, nem a vista do ipê em frente à janela do meu quarto, a escrita acolhe os meus vazios e as minhas dúvidas. Não que eu seja uma pessoa triste, pelo contrário, sempre fui alegre. Mas dou valor para as minhas tristezas; gosto de descrevê-las e ver como elas se comportam no papel. Também gosto de escrever sobre o amor que acredito existir, mesmo que eu não tenha muita experiência no assunto. Sim, acredito num amor sereno, calmo e seguro.

Quando preciso espairecer, vou até a praça, me sento num dos bancos de concreto, pego as minhas canetas coloridas e escrevo pequenos bilhetes. O maior número possível deles. Chegando em casa, guardo todos na minha caixinha de madeira, trancada com um minicadeado, e, quando preciso de inspiração, pego um bilhete e leio. Quão estranho é escrever frases motivadoras para nós mesmos? Isso me apazigua tanto, é a minha terapia. Já até pensei em escrever e entregar esses bilhetes para outras pessoas na rua ou em deixá-los espalhados por aí, de forma anônima, somente com uma mensagem bonita, mas não sei se teria coragem. O que escrevo é tão pessoal, tão meu. E, mesmo que eu não os assinasse, me sentiria vulnerável. E se alguém descobrisse que eu era a autora daqueles bilhetes? Se não tive coragem nem de dizer a uma pessoa o quanto gostava dela, como teria coragem de dividir com o mundo os meus pensamentos mais profundos?

O que importa é que escrever é a minha terapia; quando coloco meus pensamentos no papel, é como se eu desse um abraço em mim mesma ou tivesse uma conversa que me aliviasse o coração, os ombros e a alma. Acredito piamente que todo mundo deveria doar parte do seu tempo para escrever. Escrever traz autoconhecimento, e nos conhecer é a melhor coisa do mundo, embora seja muito dolorosa – e bota dor nisso!

Enfim, escrever tentando não falar sobre as nossas partes mais obscuras é um desafio, mas, de pouquinho em pouquinho, a gente aprende a ser mais leve com os azedinhos da vida.

Um amor que nunca aconteceu

Esses dias fiquei pensando em como, desde pequena, sempre tive todos os sintomas de uma garota apaixonada, daquelas que sempre sonharam viver na vida real os romances dos filmes. Sou de chorar assistindo a comédias românticas, mesmo já tendo visto o filme umas duzentas vezes e sabendo o final de cor. Nem eu sei como ainda consigo me emocionar como se fosse a primeira vez, mas, de coração, eu consigo. Quando vejo, já estou chorando. Sempre sonhei em ganhar flores, cartas escritas à mão, mimos sem datas específicas e dar aqueles longos e demorados beijos na chuva. E esses desejos me acompanham até hoje. Não é porque cresci que não sou mais aquela adolescente ingênua, que deixei isso para trás. Pode parecer bobo, mas às vezes acho que a única coisa que sei com segurança e certeza é que quero encontrar um amor; o resto dos meus sentimentos é carregado de dúvidas.

No colégio, tive somente um amor, que durou do começo do sétimo ano até o último dia do Ensino Médio. E um pouquinho depois, vai... Ele foi meu primeiro amor, e acho que o primeiro amor, ainda mais nessa idade, é complexo e muitas vezes assustador. A gente ainda não sabe lidar muito bem com o que está acontecendo, não sabe se vai ou se fica, se conta que gosta ou guarda o sentimento para si. E, diferentemente do que muitas pessoas dizem, que amores de adolescência são bobos e passageiros, até hoje conservo com carinho essa lembrança no meu coração – e acho que sempre conservarei, mesmo que no futuro eu possa vir a descobrir que o amor é algo muito maior do que esse sentimento que vivi.

Ele estudava na minha sala. Tinha vindo de uma cidade próxima, um pouco maior do que a minha e, quando chegou, por ser novidade e ter uma cabeça um pouquinho mais aberta e menos infantil do que a dos meninos da minha cidade, fez brilhar os olhos das garotas do colégio – inclusive os meus! Acho que gostei dele logo no primeiro dia. Ele era calado, tinha um ar de mistério, mas era muito simpático com todos. Ele povoava meus pensamentos nas minhas tardes em casa. Eu ficava no quarto, deitada de bruços na cama, lendo histórias que gostaria que fossem a nossa, vendo filmes e nos imaginando no lugar dos protagonistas, escrevendo cartas de amor. Eu vivia fantasiando sobre um possível namoro.

Nesses anos todos, ele nunca soube que eu gostava dele. Nunca consegui falar nem demonstrar essa minha paixão com pequenas atitudes. Não por orgulho, mas por uma ansiedade que, insistentemente, me sufoca. Sempre fui uma menina apaixonada, mas nunca soube expressar isso.

E olha que foram anos e anos imaginando coisas bonitas e fantasiosas. Quantas vezes, durante a aula, fiquei acariciando a minha própria mão, imaginando ser a dele... Eu adoro carinho nas mãos, sinto que elas são uma das partes mais importantes do corpo. Passam tanta energia... Quantas vezes, mesmo em casa, ficava imaginando os dedos dele brincando com os meus cabelos. Por que eu tinha tanto medo de dizer o que sentia? Por que não me permitia dar vazão a um sentimento tão bom?

Quando já estávamos no último ano do Ensino Médio, surgiram alguns boatos de que ele iria sair do colégio. Quando ouvi essa história, meu coração apertou, meu corpo se arrepiou e meus ombros despencaram. Ele não podia ir embora, não assim, sem ouvir o que eu tinha para dizer, sem saber que eu gostava dele! Quando eu o encontrava, sabendo que logo ele iria partir, ficava em silêncio, suava, tremia e me sentia a pior pessoa do mundo por não ter coragem de dizer as coisas que gostaria.

Alguns diziam que ele iria para outra cidade da região, onde tinha um cursinho voltado para o vestibular que ele queria prestar; outros, que tinha problemas em casa e talvez esse fosse um dos motivos para precisar ir embora. Mas a verdade é que eu nunca soube muito da história dele, muito menos quem ele realmente era. Sempre que tinha uma oportunidade, ficava com medo de perguntar alguma coisa e até mesmo de cumprimentá-lo. E, nesse tempo todo, quanto mais eu me distanciava e deixava de falar qualquer coisa com ele, mais o idealizava. Como se eu tivesse criado um ser perfeito na minha cabeça, como se ele fosse quem eu imaginei que seria, e não quem de fato era.

Dizer adeus para ele, enquanto na minha cabeça eu queria dizer que o amava, foi muito difícil para mim. Para ele, eu era somente uma colega de classe, de quem, talvez, ele lembrasse o nome ao se despedir. Para mim, um adeus para uma história que, por medo e ansiedade, vivi sozinha. Ele não tinha ideia do que eu senti nesses anos e, ainda que parecesse o certo a fazer, falar naquele momento seria loucura. Era tarde demais.

Parece besteira e infantilidade dizer que fui apaixonada por alguém durante anos e que ele nunca soube dos meus sentimentos. Mas a ansiedade faz cada coisa com a gente... Ela nunca me deixou demonstrar o meu sentimento – fosse ele amor ou paixão. De coração, nunca vou saber se ele era tudo o que eu imaginava ou se supervalorizei a situação por não tê-la vivido. Morrerei com essa dúvida silenciosa de um amor que nunca aconteceu.

Essa tal ansiedade

Que sou sonhadora você já sabe. Uma vez achei que essa palavra combinava tanto comigo que a uso até hoje quando pedem para eu me descrever. Para mim, sonhadoras são as pessoas que adoram fazer planos e pensar no futuro, sinto como se elas fossem mais felizes e realizadas. Mas, um dia, refletindo enquanto tomava um banho daqueles mais demorados, descobri que, sim, eu tinha muitos sonhos, mas a verdade era que eu quase nunca conseguia realizá-los. Eu fazia todo um planejamento na minha cabeça, às vezes até anotava as minhas vontades em um caderninho, me emocionava com a possível realização deles, mas nunca os tirava do papel. Como abrir mão de realizar coisas que poderiam ser tão boas para mim? O que eu tanto esperava, se muitos desses sonhos só dependiam de mim para serem realizados? A verdade é que eu ficava tão ansiosa para fazer tudo o que desejava que, por fim, acabava não conseguindo fazer nada. Pode parecer preguiça ou falta de vontade, mas era só a ansiedade de querer abraçar o mundo todo ao mesmo tempo... e eu queria tanto conseguir.

Quando eu falo que sou ansiosa, muita gente deve imaginar que sou daquelas pessoas que não conseguem esperar, ligadas no duzentos e vinte, como diria a minha mãe, que querem tudo para ontem, mas não é isso. Eu sofro de ansiedade de verdade, até pensei em fazer terapia, mas ainda não me acostumei com a ideia. A ansiedade com certa frequência me sufoca e desperta medos que eu nem sabia que existiam dentro de mim. Já destruí tantos momentos que tinham tudo para ser alegres e leves por culpa da ansiedade, deixei de viver outros tantos por causa dela também. Ficava pensando em tudo o que poderia dar errado e deixava de viver o presente. Nas crises de ansiedade, meus pensamentos voam, fazem piruetas e dão nós que são dificílimos de se desatarem sozinhos. Infelizmente, a minha cabeça ainda não sabe fazer bonitos laços, ela prefere os nós.

A ansiedade me sufoca, me estrangula, me deixa com dores no corpo durante o dia, me faz acordar com um cansaço enorme – mesmo depois de ter dormido por horas e horas seguidas –, faz as dores de cabeça serem visitas insistentes, isso quando não faz surgir na minha cabeça perguntas que não sei responder e cuja resposta, honestamente, não sei se realmente quero saber. Quando ela vem com mais intensidade, meu coração se confunde e as dúvidas parecem maiores do que realmente são. Dúvidas coloridas, dúvidas monocromáticas, dúvidas de todos os tipos.

A ansiedade é muitas vezes não saber lidar com os problemas que a vida nos distribui. Medo das reações, do que a gente acha que pode acontecer, mas ainda não aconteceu. E, quando a gente, depois de muito sofrimento e pesar, toma uma decisão, faz tudo errado, usa palavras que não deveria e sente um arrependimento que só quem é ansioso entende.

Para não perder a leveza da vida, de que tanto gosto, costumo brincar com o fato de ser ansiosa, mas só faço isso quando não estou passando por nenhuma crise. Ninguém consegue romantizar a situação quando realmente está vivendo dentro do cenário, com medos e dores reais. Pensando agora, sabe o que me sufoca mais do que a minha própria ansiedade? Pessoas que acham que ansiedade é apenas não conseguir dormir antes de viajar para um lugar novo; que é somente o estremecer das pernas antes de dar o primeiro beijo; que é aquele friozinho na barriga. Acontece que quem nunca teve uma crise de ansiedade não sabe o que de fato é ser uma pessoa ansiosa.

A minha ansiedade me faz encontrar defeitos em mim que só eu percebo, medos infundados que só eu sinto. Quantas vezes criei paranoias que nem consigo entender de onde vieram? No fundo, eu gosto do simples, mas a minha cabeça acaba complicando tudo. Muitas vezes eu quis fugir, em outras me trancar em lugares em que o silêncio ecoasse. Mas a ansiedade é algo que precisa ser encarado.

Conviver com a minha mãe doente, cuidar dela e ficar imaginando, toda santa noite, que ela poderia me deixar, que estava sofrendo, era triste demais. É difícil conviver com questões para as quais não existem respostas prontas ou fáceis de engolir, mas ainda mais difícil é lidar com o meu medo ansioso da morte, pois, na ansiedade, a gente cria mentalmente situações catastróficas que ainda não aconteceram e nem sequer sabemos se realmente vão acontecer.

Até hoje não aprendi a lidar com as minhas ansiedades, que disparam e muitas vezes tiram até o meu ar. Será que é normal se sentir assim? Saudável sei que não é.

Virgem, e daí?

Preciso admitir: eu ainda sou virgem! Estou com 23 anos e ainda não me entreguei para ninguém. Tive meus rolinhos, namoricos, mas nada além disso. Mas é bom deixar claro que isso não tem nada a ver com querer casar de branco na igreja ou achar que quem faz sexo sem compromisso está errado – embora isso não seja para mim –, quer dizer apenas que tenho mais dificuldade do que as outras pessoas para me entregar sem questionar; preciso sentir confiança na pessoa com quem estou me envolvendo, e isso não é fácil para mim.

As minhas amigas já são bem avançadas nesse assunto e adoram conversar sobre sexo – ai, tenho até vergonha de falar essa palavra, boba, eu. Mesmo eu não gostando de falar abertamente sobre isso – acho algo muito íntimo para ser comentado assim –, não tenho vergonha de admitir para elas que ainda sou virgem. O que não gosto, quando revelo esse fato sobre mim, é de sentir que as pessoas têm pena de mim; como se ser virgem fosse algo horrível, um castigo, e não uma escolha. Minhas amigas acham estranho eu não "querer aproveitar a juventude", como elas dizem, mas eu também acho estranho o jeito como elas vivem a vida, cada dia com um cara diferente, sem construir uma relação, sem viver um amor de verdade. Eu não me entregaria por entregar, não vejo nada de positivo na ideia de fazer amor só por fazer. E nem seria amor, né? Afinal, não teria sentimento envolvido... De coração, isso não me preenche. Para mim, o sexo é uma consequência do amor, não um objetivo final. Não consigo desassociar sexo de amor. Pelo menos não agora, nesta fase de vida em que estou. Talvez um dia eu mude de opinião, vai saber...

Além disso, preciso confessar que, durante muito tempo, o meu corpo me deixou insegura. Não conseguia me imaginar tirando a roupa na frente de outra pessoa – acho que só da minha mãe. Sempre fui um pouco cheinha e achava que os homens não gostavam de corpos como o meu; também achava que meus peitos não eram bonitos, que eram grandes demais. Mas, com o tempo, felizmente, fui aprendendo a me aceitar, a ver que as pessoas são diferentes e que cada uma tem as suas qualidades. Hoje, não me acho a mais bonita de todas, longe disso, mas gosto do que vejo no espelho, do jeito que sou. Aprendi a valorizar as partes bonitas do meu corpo. Descobri que elas existem! E são muitas!

Às vezes fico pensando em como seria ter outra pessoa me tocando. Paro em frente ao espelho, sozinha, e vou tirando a roupa devagar, imaginando como seria ser despida por um homem. Como eu me sentiria, como seria o toque das mãos dele na minha pele, os arrepios que eu sentiria.

Minha imaginação vai longe, e até sinto um friozinho gostoso na barriga! Mas, ansiosa como sou, esse prazer dura pouco e logo sou dominada por outras dúvidas: "Que roupa eu usaria?"; "Como me comportaria?". Eu nem tenho uma lingerie bonita, as minhas roupas íntimas são todas mais simples e estampadinhas, nada daquelas coisas sexy que a gente vê nas vitrines. Acho que eu nem saberia como usá-las. Não sei ser sensual. Sou tão... tão normal.

Quando fico com alguém, bate aquele medo de a virgindade virar um empecilho para o relacionamento seguir em frente. Tenho medo da reação do cara ao descobrir que sou virgem. Será que ele vai desistir de mim? Vai ser compreensivo e me dar o tempo de que preciso ou vai me encarar apenas como um desafio? E a minha conclusão é que, se ele me julgar por isso, já significa que não serve para mim.

O que eu espero para poder me entregar? Amar, sentir vontade e me sentir à vontade. Um pouco de vergonha eu sempre vou ter, é uma coisa minha e não é o fim do mundo. E, claro, nada que alguém especial e com quem haja realmente amor não possa resolver. Pelo menos é assim que eu imagino essa pessoa, alguém cuidadoso e que saiba aceitar minhas vontades, minhas diferenças e, principalmente, meu tempo. Eu vou curtir a vida, me entregar, mas preciso do meu tempo, e espero que esse momento seja uma descoberta bonita, cheia de verdade, amor e cuidado; carinho sempre cai bem.

O que eu espero do amor?

Dia desses, observando alguns casais andando pela rua no domingo, fiquei me perguntando o que eu realmente espero do amor. E, por mais que esse seja um assunto sobre o qual sonho tanto, não soube responder. Talvez eu queira alguém que cuide de mim e que goste de crianças, mesmo quando elas são barulhentas; alguém que queira ter uma casinha tranquila em algum lugar remoto, talvez perto da praia, para poder colocar os pés na areia sempre que possível, ou no campo, cercada de árvores e animais... Na verdade, não me importa o lugar, desde que tenha silêncio, natureza e paz – adoro a palavra "paz" e o significado amplo que ela pode ter. Para mim é isso que importa, as coisas pequenas, simples e especiais, mas que têm entrega e verdade.

Talvez eu também queira alguém que valorize o fato de eu gostar de cozinhar. Imagina que legal, nós dois, toda manhã, fazendo um café gostoso, daqueles dignos de novela. Enquanto eu passo um café fresquinho, ele poderia ir à padaria comprar leite e pão, e depois eu faria a sua sobremesa preferida para o almoço. Será que alguém valoriza isso ainda? Será que as pessoas ainda querem um amor simples assim?

Admito que tenho o sonho de casar – acho que você já percebeu –, de ter uma casa com cerquinha branca, vários cachorros correndo pelo jardim e, claro, uma cozinha linda, cheias de colheres de madeira e panelas coloridas! Uma vida mansa. Mas também não acho que encontrar alguém seja o objetivo mais importante da minha vida. Só acho que deve ser legal dividir os sonhos e as cobertas com quem a gente ama. Chegar em casa com as compras e, pelo barulhinho do chuveiro, perceber que a pessoa está tomando banho, bater de levinho na porta e dizer: “Ei, cheguei!”. Esperar quem a gente ama chegar de viagem, correr e pular no colo só porque está com saudade, sem pensar que outras pessoas possam estar olhando, deve ser demais! Essas coisas que a gente faz quando encontra um amor para a vida inteira – ou para grande parte dela. Parece utopia, eu sei, mas me deixa sonhar; gosto dessa coisa de sonhar com amores que talvez eu não viva.

Quando escuto alguém falando sobre amor, muitas vezes me fecho, pois sei que não tenho propriedade para falar sobre esse assunto. Tudo o que sei sobre o amor é o que imagino que deva ser, o que sonho e almejo para mim, mas também não sei se a minha expectativa sobre o amor é muito maior do que ele de fato é. Eu já gostei de pessoas, beijei, deitei no colo, comprei presentes, fiz cartas que guardo só para mim, andei de mãos dadas e disse que gostava, mas amar mesmo, sinceramente, acho que nunca amei. Só platonicamente.

Será que o problema está comigo ou são os outros que não sabem o que é o amor e confundem qualquer pequeno sentimento com ele? Vai saber... Tem tanta gente que fica tentando encaixar uma pessoa no papel de amor da sua vida, mesmo quando está claro que não é. E não é preciso se esforçar muito para perceber isso, é só ter um pouco de sensibilidade e paciência. E aí fico pensando: será que elas realmente acham que aquele é o amor da vida delas ou será que se sabotam?

Queria alguém para dividir toda essa felicidade que carrego comigo – tenho o bastante para duas pessoas. E as tristezas também. Eu gosto dessa coisa de entregar o coração, de mostrar que a gente é feliz, mas que também carrega pequenas mágoas. Não sei, queria encontrar alguém para quem eu pudesse contar as minhas novidades, por mais bobas que fossem, alguém para dividir a minha visão de mundo e, quem sabe, os meus escritos... Quero poder dividir os anseios, mostrar o que eu realmente sou. Não quero viver um amor em que eu não possa ser eu mesma ou em que a pessoa não seja ela mesma. Talvez por isso eu ainda não tenha encontrado ninguém, as pessoas usam tantas máscaras que fica difícil saber quem é verdadeiro, e eu não gosto dessa forma de se relacionar.

Eu espero do amor o que espero da vida: algo leve, tranquilo, cheio de paz e bem-querer. Não quero viver amores malucos, daqueles que me dão mais trabalho do que alegria. De coração, eu não quero nada mais do que algo tranquilo e que me faça viver sem (mais) ansiedades desnecessárias. Não consigo entender essas pessoas que precisam de amores malucos para se sentirem realizadas; eu ficaria feliz com um amor simples e rotineiro.

E com alguém que goste de ipês, claro.

Sentimental

Se tem algo que faço bem, além de tortas, de cantar sem me preocupar com a opinião dos outros (puxei da minha mãe) e de escrever bilhetinhos para mim mesma, é chorar. Choro como ninguém, e nas mais diversas situações. As minhas lágrimas têm o poder de traduzir minhas emoções e minhas sensações diante dos acontecimentos da vida. O problema – que nem acho que seja um problema mesmo – é que choro por quase tudo. Durante um filme (pode ser até de animação), se me emociono ou me identifico com o personagem, choro alto, de soluçar mesmo, não importa onde eu esteja, e, se alguém ri por eu estar chorando, choro ainda mais! Choro quando escrevo as minhas intimidades, pois sinto que faço aquilo com o coração, com a alma, e que estou colocando no papel toda a minha verdade. Choro vendo aqueles programas de sábado à tarde na televisão aberta; fico me imagino no lugar daquelas pessoas batalhadoras que estão ali tentando realizar um sonho. Choro quando vejo na rua situações tristes ou injustas e não posso fazer nada.

Me lembro de uma situação que pode parecer estranha para muitos, mas que descreve muito bem essa minha característica. Era um daqueles dias em que o calor estava demais, de "suar em bicas", como a minha mãe costumava dizer, e eu estava voltando da biblioteca com dois livros na mochila. Confesso que não lembro quais eram, mas, provavelmente, eu já tinha lido algum deles – sempre gostei de pegar livros para reler, muitas vezes a minha visão sobre eles muda, dependendo do momento em que estou lendo. Ao sair da biblioteca, morrendo de sede, vi de longe uma daquelas barraquinhas com guarda-sol colorido que vendem sorvete e água e fui correndo até ela. Comprei um daqueles copinhos de água lacrados que a gente tenta abrir com delicadeza, mas acaba desistindo e fazendo um furo mesmo, que é mais prático e rápido. E, enquanto pensava se pegava um sorvete ou não, vi, atrás do carrinho, algumas caixinhas de morangos – e eu adoro morangos! Eram poucas, talvez três ou, no máximo, quatro. Perguntei ao vendedor por que ele não estava mais vendendo os morangos – eles estavam tão bonitos –, e ele disse que, na verdade, ele não vendia morangos e que tinha comprado aqueles para levar para casa. Era aniversário da filha dele e a esposa ia fazer um bolo de morango para quando a menininha chegasse em casa. Quando ouvi a história, abri um sorriso de felicidade, aquilo era muito bonito. Ele, muito gentil, me perguntou se eu gostaria de levar uma das caixinhas, que poderia me dar uma. E eu, sem motivo, pelo menos para quem via aquela situação, comecei a chorar... e chorei muito – não foi um choro de soluçar, só lágrimas que insistiam em correr pelo meu rosto! Ao me ver chorando, o vendedor ficou assustado e perguntou se eu gostaria de levar mais de uma caixinha, que não tinha problema, e eu, ainda chorando, respondi que não era isso, que estava emocionada com sua atitude, de ter me oferecido os morangos que eram seus. E, enquanto limpava as lágrimas, fiquei me perguntando: "Por que fiquei tão emocionada?". Não sabia dizer se era pela sorte da menininha, de ter pais tão amorosos – algumas pessoas têm essa sorte, eu sou uma delas –, ou se pela generosidade dele.

Muitas vezes choro à toa, mas também choro por coisas que me causam indignação, ainda que eu não possa fazer nada – ou não saiba o que fazer – para mudar. Por exemplo, quando passo por uma rua e vejo cachorros abandonados, sem comida, queria poder levar todos para casa, mas não posso, e choro. E, por mais que eu saiba que não tenho culpa e que não vou conseguir resolver aquilo, fico sempre com o coração apertado e os olhos cheios d'água. Sinto como se as minhas lágrimas pudessem, pelo menos, chamar a atenção para aquilo que está acontecendo. Será que existem outras pessoas que também se sentem desse jeito?

Eu choro por tudo, mas me sinto feliz por ser assim. Acho que tenho a sensibilidade mais aflorada, sei lá... Me permito chorar sempre que o coração aperta – não consigo ver motivos para conter as lágrimas que insistem em sair –, e não acho que isso signifique que sou fraca. Querer parecer forte, isso sim me parece coisa de gente fraca. No fundo, eu gosto de chorar, parece que me alivia o coração e os ombros. Quando a gente chora, se renova um pouquinho. Quando tiramos as mágoas – ou aquilo que não está nos fazendo bem –, abrimos espaço para as futuras alegrias.

As pessoas se assustarem com esse meu jeito faz parte. O que me assusta é quando alguém me diz que não chora...

Signos

Sou de peixes. Provavelmente você deve estar com aquela cara de quem só estava aguardando este momento e pensando: "Eu já sabia!!!", com várias exclamações mesmo. "Mas é claro, ela é uma sonhadora nata, tem seus momentos de indecisão e ainda é sentimental e melancólica com tudo; só podia ser de peixes!" Todo mundo me fala isso, principalmente quando percebe que vivo sonhando com coisas para as quais muita gente nem dá bola, que estou sempre com a cabeça nas nuvens e que romantizo situações que, às vezes, não têm lá muita cara de romance. Romantizo tudo mesmo, eu assumo.

Sou daquelas pessoas que dizem não acreditar em signos, mas que quando veem um horóscopo numa revista param tudo para ler, "só por curiosidade". Preciso admitir que acredito em algumas coisinhas de vez em quando e fico até mais confiante, como se tivesse escutado tudo o que precisava, como se com isso eu me sentisse mais capaz de tomar qualquer decisão com segurança – afinal, o horóscopo disse que aquele era o dia ideal para isso.

Quando digo que sou sonhadora, ou quando, ao conversarem comigo, as pessoas percebem essa característica, todos devem pensar que tenho sonhos enormes, gananciosos e que demorarão uma vida inteira para se realizarem (casas, carros e viagens ao redor do mundo), mas não, eu, de coração, não quero muito, pelo menos não como as outras pessoas por aí ambicionam. Sonho com coisas pequenas, mas isso não significa que meus sonhos sejam pequenos.

Não sei se essa também é uma característica do meu signo, mas sinto como se eu fosse feliz e triste ao mesmo tempo. Deixa eu tentar explicar. Tenho riso fácil e me adapto às mais diferentes situações, gosto de aproveitar a vida e estar com as pessoas, mas estou sempre com um aperto no coração. Sofro por coisas pelas quais não deveria sofrer, me magoo facilmente por coisas bobas, crio redemoinhos de sentimentos em mim que muitas vezes me afundam. Não consigo evitar.

Por um lado, adoro doar os meus ouvidos e, claro, a minha atenção, para ouvir as histórias e as novidades dos outros, mas, por outro – sempre tem o outro lado –, fico triste quando não recebo as respostas que gostaria. Não sei, fico magoada quando chego animada, com alguma ideia, algum sonho, e a pessoa destrói o meu castelo de areia; ainda que o faça sem querer, é como se eu me motivasse e me desmotivasse com muita facilidade. O que a gente faz quando é sentimental demais? Me pergunto isso todos os dias.

E, por ser sentimental, muitas vezes gosto de coisas que muitos acham piegas. Fico completamente apaixonada ao receber flores, por exemplo. Prefiro orquídeas a rosas; as rosas morrem muito facilmente, já as orquídeas, a gente pode ver as mudas nascerem, pode cuidar e criar uma ligação maior. Gosto também de ganhar chocolates – podem ser os mais simples, gosto de todos! – e de receber cartas... eu adoro cartas! Se forem escritas à mão, então... Me diga, de coração, como não se apaixonar por alguém que usa o seu tempo para fazer uma carta à mão para outra pessoa?

Às vezes, me sinto a única pessoa, perdida por aí, em uma cidade pequenina, que gosta dessas coisas lindas e simples. As pessoas estão querendo tanto do mundo que muitas vezes se perdem num vazio de frustrações. Isso me assusta! Eu, cada vez mais, acredito que vivo num mundinho paralelo, e sempre me refugio nele quando o mundo briga comigo.

De vez em quando – olha que loucura! –, acredito que vou viver para sempre. Não que eu de fato acredite que sou eterna, mas é que a vida me parece tão bonita, tão leve, tão gostosa que sinto como se eu fosse eterna. Deu para entender? É... mas foi sincero.

Tenho tudo a ver com o meu signo e quero realizar alguns sonhos, mas, quer saber? Estou mais preocupada com as coisas que o meu coração pode absorver do que com as que as minhas mãos podem pegar.

E se eu te perder?

Minha mãe foi piorando com o passar do tempo. Tentamos nos adaptar à nova condição dela, mudamos a nossa rotina para deixá-la mais confortável, e eu comecei a fazer todos os serviços da casa. Minha vida, cada vez mais, girava em torno dela, eu estava ali para dar tudo de que ela precisasse, de coração. Mas ela não conseguia fazer mais quase nada sozinha, e, infelizmente, chegou o dia em que nossa casa já não era o lugar certo para ela ficar. Ela precisava de cuidados que eu, por mais que tentasse, não podia dar. E, contra a vontade do meu coração, precisei interná-la.

Não que eu não quisesse que ela fosse para um lugar onde tivesse toda a assistência possível, eu só não queria que ela vivesse antes da hora aquele clima aterrorizante de hospital. Mas chega o momento em que devemos fazer o certo, por mais que doa.

No caminho para o hospital, um filme passou pela minha cabeça, me lembrei dos nossos momentos juntas e fiquei pensando no medo que tenho de perder as pessoas que amo. Medo de não saber desabraçá-las, de não conseguir lidar com um possível adeus. A verdade é que minha mãe era a única pessoa que eu tinha medo de perder. Nunca tive muitas pessoas com quem me importasse ou que sentisse que se importavam comigo. Sempre fomos somente ela e eu.

Os dias no hospital foram passando devagar; acho que a apreensão e o fato de não podermos fazer nada para sair dali fazem os dias durarem mais. Ver a minha mãe na cama, se acostumando com a rotina do hospital, era algo que me corroía por dentro. Eu ficava olhando-a ali, comendo aquelas comidas insossas que eles traziam em bandejas de plástico bambas, e pensava que talvez ela nunca mais voltasse para casa. Como ela poderia ficar feliz comendo aquelas gelatinas coloridas, sabendo que os seus doces eram os melhores?

No entanto, por mais debilitada que estivesse, minha mãe não se deixava abater, sorria e demonstrava a firmeza e a segurança de sempre – acho que isso é uma característica das mães. Eu, por mais que achasse que ser forte era o meu papel, muitas vezes deixei transparecer o meu medo de perdê-la. Será que alguém consegue mesmo lidar com a ideia de dizer adeus a quem tanto ama, admira e espera entrar pela porta de casa com aquele sorriso especial? Eu, de coração, não conseguia imaginar o vazio nem a dor da despedida e da casa vazia. Ou talvez imaginasse tão bem que já antecipasse a dor e sofresse antes de qualquer coisa acontecer.

Ficava imaginando, em detalhes, como seria se a minha mãe partisse, como seria ver as suas roupas no armário, como seria não ouvir mais o barulhinho do chuveiro ou ver que os pedaços de torta não somem mais durante a noite... eram tantas coisas que a tristeza já tomava conta de mim.

Uma coisa é perder alguém para outro amor, por desencontros da vida, pois esse adeus pode não ser definitivo, você até consegue ter notícias da pessoa, talvez encontrar, saber se está feliz, mesmo sem estar a seu lado. Outra coisa é perder alguém para algo que a gente não entende, não sabe como é: se é triste, se é feliz, se é um infinito escuro e frio ou um lindo campo com doces sem caloria.

Essa história da minha mãe me deixou mais reflexiva do que de costume. Estava triste, fraca e frágil, mesmo vendo que ela, emocionalmente, se mostrava cada dia mais forte. Como que encarando o próprio destino. Uma fortaleza, minha mãe. Fato é que ela morava no meu coração e que moraria nele para sempre, mas eu queria que ela continuasse morando por ainda muito tempo na nossa casa, pertinho de mim. Eu ainda não tinha maturidade para lidar com o adeus, nem sabia se um dia teria. E evitava a todo custo pensar nisso, por mais que devesse...

Adeus, mãe!

Que ela já não estava bem, todos sabiam. Eu também sabia, mas preferia fingir que não.

Toda noite, antes de dormir, eu sentava na beirada da cama e rezava. Fechava os olhos com bastante força e pedia aos céus que a protegessem, que não a deixassem sofrer ou sentir dor; era como se a realização do meu desejo dependesse da força com que eu fechasse os meus olhos. Em muitas dessas noites, eu ia para a cama chorando, com medo do adeus, do silêncio. Eu não tinha mais ninguém, éramos somente nós duas. Como eu poderia viver sem a pessoa que eu mais amo no mundo? Como daria continuidade a uma vida que aparentemente ficaria sem sentido com a partida dela?

A minha mãe não tinha mudado por causa da doença, continuava como sempre foi a vida inteira: fechada e de poucas palavras quando o assunto eram seus sentimentos e suas dores. Ela não falava muito sobre o que estava acontecendo, guardava para si as palavras e os medos; eu não sabia o que se passava pela cabeça dela.

Quando a gente se depara com alguém que sempre foi muito proativo e independente prostrado na cama, muitas vezes dependendo dos outros para comer, levantar ou ir ao banheiro, percebe como a vida passa rápido e como o fim é quase sempre solitário e triste. Eu não queria que minha mãe se sentisse sozinha em momento algum, por isso, desde o dia em que ela foi internada, o hospital se transformou na minha nova casa. Na nossa nova casa.

Ela passava os dias conectada àqueles aparelhos que a gente não sabe para que servem exatamente, mas respeita cada fiozinho. Durante a noite, enquanto ela dormia, eu ficava atenta aos visores das máquinas, a cada oscilação dos batimentos cardíacos e da oxigenação, e, quando alguma coisa parecia errada, pelo menos para mim, eu chamava às pressas as enfermeiras. Precisava ouvir delas que estava tudo bem, que aquilo era normal! O sofazinho do quarto se tornou minha cama, mas eu ficava feliz por poder estar perto da minha mãe.

Sabe, naquele momento, a minha sensação era de que eu estava mais preocupada com o que os médicos diziam do que a minha mãe. Acho que, mesmo estando emocionalmente forte, ela não tinha esperanças de sair dali. Provavelmente sabia de algo que eu não sabia. E, por mais que eu insistisse, ela optava pelo silêncio.

Um dia, quando estava perto da hora em que ela costumava dormir, perguntei:

"Mãe, você tem medo de morrer?"

Ela, seca como de costume, respondeu que não, sem deixar muitas brechas para que eu continuasse a conversa.

"Como não?!"

"Ué, todo mundo morre um dia, Sofia, e precisamos aprender a lidar com a morte."

Minha mãe sempre foi muito racional. Talvez por isso ela tenha conseguido passar tão bem pelas perdas que sofreu na vida: o pai, o marido, a mãe...

Depois de alguns segundos em silêncio, levantei do sofá e corri para abraçá-la.

"Posso te pedir uma coisa?", perguntei.

Sem falar nada, ela me encarou, como se dissesse "continue".

"Promete que vai viver mais cem anos?"

Sei que parece infantil pedir uma coisa dessa, ainda mais na situação em que ela estava, mas a verdade é que, naquele momento, eu me sentia uma criança e precisava, mais do que nunca, saber que teria o colo da minha mãe por muito mais tempo.

Com um sorriso que eu poucas vezes a havia visto dar, ela respondeu:

"Prometo!"

Essa foi a nossa última conversa. Talvez tenha sido o nosso jeito de nos despedir, prometer que estaríamos juntas pelos próximos cem anos. Nunca vou me esquecer de como ela disse aquele "Prometo!"; foi de coração, estava estampado nos olhos dela. Acho que, quando as pessoas estão perto da morte, elas falam apenas com o coração, afinal, não têm tempo para fingir.

Bem cedinho na manhã seguinte, eu dormia encolhida no sofá quando o quarto foi invadido por médicos e enfermeiros afoitos. Naquele horário, era normal ela ser levada para fazer alguns exames, mas não parecia o mesmo procedimento de rotina. Sentei rapidamente, paralisada, tentando entender o que estava acontecendo. Ouvi que precisariam reanimá-la de uma parada respiratória. Descalça e com o coração enroscado na garganta, saí do quarto, com medo, assustada, a boca trêmula. Eu não queria vê-la agonizando, com dificuldade de inalar o ar; eu sentia um misto de tristeza com sensação de incapacidade enorme... Até hoje não sei se deveria ter ficado no quarto ou tomado a decisão que tomei de ficar por trás daquela porta, não queria atrapalhar os médicos e também não queria ver quem eu mais amava, ali, tentando não desabraçar a vida, algo que destrói o coração.

Naquele momento, eu já não conseguia mais controlar a ansiedade e resolvi entrar no quarto. Percebi que o médico, ofegante, se distanciava da minha mãe. Comecei a gritar, em lágrimas: "Vocês ainda vão salvá-la, não é?". A expressão dele, com dificuldade de me dizer o que no fundo eu já sabia, me disse tudo que eu precisava saber. Sem muitas delongas, o médico, quebrando todos os protocolos, me abraçou e disse que, infelizmente, ela não tinha resistido. Quando ouvi a frase saindo de sua boca, senti como se o peso do mundo tivesse caído sobre os meus ombros. Chorei como se meus soluços fossem capazes de trazê-la de volta. Eu só conseguia repetir a mesma frase: "Por que vocês não a salvaram?". Na hora de um desespero que cria um nó sufocante na garganta, a gente não raciocina, só sente dor e quer acabar com ela a qualquer custo. "Ela não resistiu", sem dúvida, foi a frase mais dolorosa que já ouvi na vida.

Sem saber muito bem o que estava fazendo, assinei os papéis que pediram e saí correndo do hospital. Sem falar com ninguém, e, sem pensar muito, fui para casa. Eu precisava ficar sozinha, afinal, assim seria a minha vida a partir daquele dia. Sozinha.

Parei em frente à porta, sem coragem de entrar. No fundo, tinha esperança de encontrar minha mãe em casa, me esperando, e de tudo voltar a ser como era antes. Eu não conseguia parar de chorar, minhas mãos tremiam e as chaves teimavam em cair no chão. Quando finalmente abri a porta, senti a maior dor que já havia sentido: uma sensação de solidão.

Não sabia se aquela seria a minha casa por muito mais tempo. Não sabia se conseguiria lidar com a presença do seu cheiro, das suas coisas. Deitei na minha cama, por cima das cobertas, cobri a cabeça com um travesseiro e fiquei envolta numa bolha de tristeza e inquietação durante algumas horas. Tentei buscar na memória personagens de livros que haviam perdido pessoas queridas e como eles tinham encarado essa perda, mas não consegui. A verdade é que cada um vive sua dor de uma forma, não adianta tentar se inspirar em outra pessoa.

Naquele momento, eu queria dormir para tentar esquecer tudo o que havia acontecido. Mas tinha medo de acordar, acreditando que tudo não tinha passado de um pesadelo, e ter que encarar todos os seus pertencentes iluminados pela luz do dia e, então, ser invadida novamente pelo vazio. Com medo de a saudade ser maior do que a vontade de seguir em frente. Com medo de acordar e ter que dizer as palavras mais tristes que jamais direi...

Adeus, mãe!

A casa vazia

Um mês se passou desde o adeus da minha mãe. Passei a maior parte desse tempo deitada na cama, me sentindo a pessoa mais solitária do mundo, tentando, em vão, encontrar forças para conseguir me levantar e encarar o mundo.

Agora são duas da manhã, e passei o dia revivendo minhas tristezas; não fiz as coisas que precisava ter feito – as roupas para lavar estão se acumulando e eu nem sequer comi algo decente, peguei a primeira coisa que vi na geladeira. Não estou conseguindo seguir em frente, a tristeza me puxa de volta. Com a mesma roupa que acordei, estou deitada novamente na minha cama, olhando para o teto, meu melhor e mais íntimo amigo nos últimos tempos; ele é a única coisa para a qual tenho olhado nas últimas semanas.

Meu quarto é simples, pequeno, com um abajur com uma lâmpada mais amarelada, uma escrivaninha de madeira surrada cheia de gavetas e uma cama com alguns cobertores de bolinhas e vários travesseiros. Gosto de travesseiros e cobertas, eles me dão uma sensação de proteção e aconchego, algo de que tenho precisado muito. É como se eu estivesse recebendo um abraço da minha mãe.

Sempre sonhei em ter um quarto grande, com as paredes pintadas de lilás – cor que a minha mãe sempre dizia que eu enjoaria facilmente – e várias prateleiras em que coubessem todos os meus livros e as minhas bonecas.

Na busca por boas lembranças, lembro que, quando pequena, eu tinha, grudadas no teto, algumas estrelas que brilhavam no escuro. Eu ficava horas e horas deitada olhando para elas, sem entender por que me fascinavam tanto. Acho que eu sentia que elas olhavam por mim durante a noite. Eram tantas estrelas, de tamanhos e brilhos diferentes, que ficar olhando para elas era uma espécie de terapia, acho que eu chegava até a dividir com elas os meus problemas inocentes de criança. Lembro também que eu morria de medo de o ventilador de teto que ficava em cima da cama cair na minha cabeça durante a noite. Coisa de criança! Ele era daqueles que você liga e desliga puxando uma cordinha, e todas as vezes eu acabava me esquecendo de desligar quando saía do quarto, o que sempre rendia um sermão da minha mãe: "Sofia, você sempre deixa o ventilador ligado, qualquer dia a casa vai pegar fogo!". Minha mãe sempre foi exagerada! É... sinto saudade dos sermões que ela me dava. Daria qualquer coisa para ouvir um deles outra vez.

Nesse mês que passou, deitar sem sono é algo que vem acontecendo com mais frequência do que deveria – a minha conversa com a solidão antes de dormir tem me tomado tempo demais. Tentei distrair a cabeça, mas nem mesmo os livros e os filmes estão conseguindo me tirar desse estado de espírito. A minha vontade é de ficar quietinha – mesmo sabendo que preciso me reerguer e tomar alguma atitude, mas está tão difícil... A única coisa que faço é buscar na internet histórias de pessoas que perderam entes queridos. Quando estamos sofrendo, perdidos, encontrar alguma coisa com a qual nos identificamos é um alívio grande para o coração, ler um relato de alguém que viveu algo parecido é um bálsamo para a alma. Acontece que estou perdendo muito tempo sofrendo, remoendo lembranças felizes que, por não terem mais a possibilidade de se repetir, se tornam tristes. Preciso buscar boas energias, conversar com outras pessoas e me abrir um pouco mais, não posso me deixar afundar, como vem acontecendo nessas últimas semanas. Minha mãe, nem de longe, gostaria de me ver assim. Não é, mãe?

Nesse tempo tentando colocar as ideias no lugar, percebi que a preocupação da minha mãe nunca foi consigo mesma, mas com a maneira como eu levaria a vida quando ela partisse. Todos os seus olhares, dicas e conselhos sempre foram para me preparar para o mundo. Hoje consigo perceber que talvez ela estivesse com tanto medo quanto eu nos últimos tempos, mas não demonstrava para não me deixar insegura ou com medo do futuro. Ela sabia que eu entraria em pânico caso a visse com medo ou desesperançosa, por isso se segurou ao máximo e conteve as suas lágrimas. Ela foi forte para que eu pudesse ser forte, mas não havia necessidade disso... queria poder voltar no tempo e dizer: "Mãe, eu sei o quanto você é forte, não tem problema, pode chorar. Eu estou com você!".

Morrendo de saudade, jogo o peso da perda nos ombros do tempo e peço que ele faça o seu melhor comigo. Eu sei que vou conseguir me recuperar e que ainda vou dar orgulho para quem tanto me deixou orgulhosa. E realmente acredito que, de alguma maneira, a minha mãe está me vendo lá de cima. Sei que ela vai viver enquanto eu viver, pois, com todo o seu amor e a sua dedicação, está imortalizada em mim. De coração, acredito nisso!

Hoje a minha mãe é como uma daquelas estrelas que eu tinha no teto do meu quarto quando era criança. Uma estrela linda, que brilha e transmite boas energias não somente para mim, mas para todos que a observam. Eu só preciso voltar a ser alegre, pois tenho certeza de que ela gostaria de me ver assim.

Por fim, com um pouco de receio e tomando uma atitude que nunca tomei – a de mostrar os meus escritos para alguém –, vou dividir aqui algo que escrevi para ela, antes de ir para a minha caixinha de madeira:

Na saudade que tenho de você, carrego comigo lembranças que são só minhas. Sou egoísta com elas, até porque apenas eu sei como elas se desenham na minha cabeça.

As músicas que você cantava, mesmo sem saber a letra, cedinho no quintal de casa, me trazem saudade. A alegria que você demonstrava quando cozinhava aparece para mim todos os dias pertinho do horário do almoço. O som da sua voz me chamando para almoçar está gravado na minha memória. A batedeira velha, que eu ligo de vez em quando só para ouvir o barulho, me faz carregar um caminhão tristezas.

Eu queria tanto ter feito você mais feliz, ter mostrado para você um pouco mais do meu mundo e das coisas lindas que guardei na minha caixinha de madeira, sobre a escrivaninha, durante todos esses anos.

Você sempre foi a minha melhor companhia, a minha mãe, a minha parceira, a minha guardiã; abriu mão de tanto na vida para cuidar de mim e me deu asas para conquistar o mundo. Eu te amo, e para todo sempre vou te guardar no fundo do meu coração!

Eu te amo muito e não sei se um dia conseguirei dizer isso a outro alguém, pois, hoje, sei o valor do amor.

Eu te amo, eu te amo e te quero bem...

O futuro

Nunca sei se estou tomando a decisão certa, ainda mais quando elas são grandes como esta que tomei. As grandes decisões são difíceis, ainda mais para mim, uma indecisa nata. A minha indecisão era até motivo de brincadeira para a minha mãe. Para você ter uma ideia, ela costumava guardar as roupas que eu dizia não querer mais, pois sabia que, em algum momento, eu voltaria atrás – o que acontecia com muita, mas muita frequência mesmo. Nasci assim, fazer o quê?

A única certeza que tenho neste momento é a de que não quero ficar na casa em que vivíamos, com as lembranças como companhia, chorando no silêncio que se instalou ali – um silêncio assustador. Pelo menos por enquanto. Não sei se consigo lidar com o vazio de uma casa que um dia já foi tão alegre e vibrante. Nossa casa tinha vida, cores, cheiro de comida fresquinha e som de rádio ligado boa parte do dia. E, sozinha, não conseguirei devolver a ela a alegria perdida. Neste momento, sinto vontade de fugir. Na verdade, não sei se “fugir” é a palavra certa, mas quero poder desaparecer sem precisar me preocupar com as consequências, sem me preocupar com o que os outros vão pensar. Até porque a única pessoa com quem eu me importava, e que se importava comigo, não está mais aqui.

Tenho muitas coisas escritas guardadas, mas uma delas, em especial, eu gostaria de ter mostrado para minha mãe antes de ela partir. Uma carta que escrevi para ela tempos atrás. Uma carta de que, daqui alguns anos, eu me lembrarei e resgatarei com todo o carinho do mundo para dividir, chorar ou rir (ainda não sei) com quem amo. Na verdade, não sei se um dia dividirei com alguém ou somente deixarei como recordação em algum lugar seguro. Talvez seja um pouco de egoísmo meu, vai saber.

Com o tempo, estou aprendendo que, quando há amor no que fazemos, não podemos ser egoístas com os nossos sentimentos, precisamos dividi-los com as pessoas. Todos devem ler sobre o amor, as tristezas e as voltas que a vida dá, quem sabe os outros não possam refletir com os nossos erros? De qualquer forma, tenho fé de que, de alguma maneira, a minha mãe conseguirá ler e sentir o que escrevi para ela; o fiz com tanto amor...

A verdade é que preciso me reencontrar e deixar de sofrer por algo irreversível – minha mãe iria gostar de me ouvir falando isso –, mas sei que só vou conseguir fazer isso longe da nossa casa. Preciso deixar os ares e as energias ruins para trás, por isso resolvi tomar uma atitude maluca! Maluca para mim, que não sou íntima das atitudes inesperadas. Estou escrevendo este texto de dentro de um ônibus; estou indo ver uma prima que mora em São Paulo. Nunca fui a São Paulo e estou superansiosa! Será que a cidade é tudo isso que dizem?

Essa é uma daquelas primas de terceiro grau, sabe? Não a conheço muito bem; na verdade, nunca a vi pessoalmente, só nos falamos por telefone algumas vezes e vi algumas fotos que minha mãe mostrou. Parece que ela saiu da minha cidade ainda muito nova e nunca mais voltou. Depois que a minha mãe partiu, alguns parentes reapareceram; outros, que eu nem sabia que existiam, apareceram. Todos me prestaram solidariedade e se colocaram à disposição para me ajudar. No começo, quando eu mal conseguia sair do meu quarto, só dizia "obrigada, mas estou bem" e me afastava. Mas depois, vendo que eles estavam genuinamente preocupados comigo, resolvi abrir o coração e aceitar ajuda. É tão bom quando aparecem pessoas que nem imaginávamos que existiam para nos dar carinho nos momentos em que perdemos o chão. Não precisamos de muito: uma ligação, algumas palavras amigas ou uma lembrança sincera bastam. Essas coisas pequenas, mas cheias de cuidado.

Agora, dentro de um ônibus chacoalhando nas estradas esburacadas do interior, estou sem saber muito bem definir como me sinto. Estou triste, um sentimento que vai me acompanhar por muito tempo, mas também estou feliz. Embora estar a caminho de uma vida nova me pareça assustador, sei que isso é necessário. Vou aproveitar esse tempo – a viagem é longa – para refletir um pouco mais sobre o que farei daqui em diante. Gosto das reflexões que lugares em que não nos resta nada a fazer proporcionam.

Eu falei para a minha prima que ficaria só alguns dias, mas quem sabe não fico um pouco mais? Não necessariamente na casa dela, mas em algum cantinho por lá. Tenho um dinheirinho guardado que posso usar, caso meu coração peça para ficar. Talvez seja bom para mim. Por mais que na minha cidade eu conheça todo mundo, não consigo mais encarar os olhares de comiseração. Preciso me afastar. Preciso de um lugar onde não conheçam a minha história, em que eu possa recomeçar sendo apenas eu mesma.

Hoje ainda estou em cacos, dentro de um ônibus que chacoalha e sentada em uma poltrona que mal reclina; mas espero que esses cacos se transformem em caquinhos coloridos, daqueles que brincam com as cores quando atravessados pela luz do sol. Eu sei que a minha saudade pouco a pouco vai ficar menos dolorida e logo será uma lembrança bonita. O tempo vai passar e as coisas vão se ajeitar.

Eu sei, mas, de coração, o cheirinho dos bolos de fubá da minha mãe será, para sempre, o melhor cheiro que já senti na vida!

Sabe o que tem em frente ao prédio da minha prima? Um ipê! Isso só pode ser um bom sinal.

LUIZA

A pequena

Desde criança, sempre gostei de jogar vôlei. Na escola, na hora do intervalo, lá pela quinta ou sexta série, se não me engano, enquanto os meninos (e algumas meninas) corriam para jogar futebol, eu pegava a bola de vôlei e ficava dando toquinhos e treinando manchete com as meninas ou batendo bola sozinha, usando a parede como parceira.

Na aula de educação física, tínhamos até um time formado: Carol, Giana, Ana, Carla e eu. Por ser mais baixinha do que o resto das meninas, nunca fui a que dava aqueles saltos para cortar a bola, mas a que levantava para as outras fazerem o trabalho ou a que iniciava o jogo com um bom saque. (Lembrando agora, meu saque era muito bom!) Até do time oficial do colégio eu participei, mas, quando fui ficando adolescente e continuei com o meu um metro e cinquenta e seis, ficou quase impraticável jogar de igual para igual com as outras meninas, que em sua maioria passavam do um metro e setenta e cinco.

Jogar vôlei profissionalmente é um sonho que guardo comigo até hoje. Não me sinto frustrada, até porque não há nada que eu possa fazer quanto a isso, mas por anos, durante a adolescência, achei que a minha vida estava acabada. O que seria de mim sem o vôlei?

Mas se por um lado ser baixinha me tirou a oportunidade de jogar vôlei, por outro, me ajudou a evitar a pressão para virar modelo. Sempre fui elogiada por ser bonita (todo mundo comentava dos meus olhos, dos meus cabelos, da minha pele) e, se tivesse a devida altura, tenho certeza de que meus pais me levariam a uma agência e ainda achariam que estavam fazendo o melhor para mim. (E, claro, aproveitariam para "esfregar" na cara dos outros: "Viu que a minha filha virou modelo?". Sabe, apesar de os meus pais terem trabalhado muito para chegar onde chegaram, eles têm essa coisa de sociedade, dão muita importância para coisas que não são tão importantes assim.)

Não posso negar que sempre tive um fascínio pelo mundo da moda, mas não nasci para aparecer em programas de televisão ou capas de revistas. Eu queria era ficar atrás dos holofotes, nos bastidores. Só que quando eu dizia isso para alguém, quase sempre recebia um olhar recriminador, como se fosse um desperdício uma menina tão bonita "não usar" essa beleza.

Diferentemente de muita gente, e apesar de isso ter acabado com o meu sonho de jogar profissionalmente, sempre gostei de ser baixinha. (Tá bom, nem sempre. Na verdade, acho que fui aprendendo a gostar.) Essa pouca estatura fez com que eu, na maior parte do tempo, me sentisse protegida pelos meus pais, amigos e namoradinhos.

Preciso confessar uma coisa: nunca sei se "namoradinho" é um bom termo para usar. Parece pejorativo, né? Mas não é essa a minha intenção, juro. É que não sei se os considero namorados, já que os relacionamentos foram breves e, quando os namorei – caso tenha realmente sido um namoro –, eu era tão novinha que não sabia o nome que deveria dar à relação.

Já que entramos nesse assunto, vou contar uma coisa que conto para poucas pessoas (leia-se: quase ninguém): tive poucos namorados, apesar de ter tido vários relacionamentos. Calma, deixa eu explicar... Tive diversas relações no decorrer da vida, mas quase todas foram breves. Não passaram de seis meses, no máximo um ano. No fim, eu ficava com preguiça dos caras, mesmo que eles fossem ótimos para mim, o que fazia eu me sentir muito estranha... Como eu conseguia ficar com pessoas tão especiais (eles eram mesmo) e acabar com esse sentimento tão grande de preguiça? O pior era que eu não fazia nada a respeito, ia ficando com eles, dando corda, deixando que se envolvessem, sempre com aquela ideia de "vamos ver aonde isso vai dar". E nunca dava em nada, pois, infelizmente, ou felizmente, eu não queria passar de determinado ponto.

Mas, voltando ao meu um metro e cinquenta e seis... Depois de um tempo aprendendo a lidar com a minha altura e com os meus pés pequenos (sim, calço trinta e quatro e nem sempre encontro os sapatos no meu número), deixei de achar que a minha altura era uma desvantagem e comecei a achar um diferencial, até mesmo um charme. Cheguei à conclusão de que, quando temos algo diferente, precisamos tentar olhar para isso com algum brilho, como se essa diferença fosse uma qualidade única, que poucos sabem reconhecer.

De qualquer forma, ser pequena tem as suas vantagens: os espaços para as pernas em aviões nunca são um problema, as camas, mesmo sendo de solteiro, ficam enormes e confortáveis, e você dificilmente vai bloquear a visão de alguém no cinema... Viu? Sempre tem um lado bom.

Outra vantagem de ser baixinha é poder ser colocada nos ombros durante um show (seja pelo namorado ou por um amigo bacana). Tudo bem que, se eu fosse alta, não precisaria de ninguém, pois conseguiria assistir aos shows sozinha. Mas qual seria a graça? Mas sabe do que gosto mesmo? Que me chamem de pequena! Gosto de ser "a pequena" de alguém. Alguém que eu queira que me chame assim, obviamente. Mesmo eu nunca tendo revelado isso para ninguém (não costumo entregar de bandeja os meus sentimentos), gostaria que alguns dos meus "namoradinhos" tivessem me chamado assim, mas eles nunca fizeram isso.

Enfim, desabafos.

Descobertas

Se existe alguém no mundo que gosta de viajar, sem dúvida, esse alguém sou eu. Lembro quando, no final do Ensino Médio, meus pais perguntaram se eu preferia fazer uma festa de formatura ou uma viagem – um intercâmbio, no caso. Até achei estranho eles me darem essa opção, afinal, sempre imaginei que eles gostariam de dar uma enorme festa para mostrar a todos que a filha mais velha estava se formando (aquele típico cerimonial de cidade pequena). Fiquei espantada, admito, mas também fiquei muito feliz, e, imaginando que eles já sabiam a resposta, disse que gostaria de viajar.

Sempre tive essa vontade de viajar, de descobrir outros países, de conhecer a cultura de outros povos. (Até hoje tenho um mapa-múndi na parede do meu quarto, no qual marco os lugares que quero conhecer e os que já conheci!) E se meus pais estavam me dando a oportunidade de viajar antes de entrar na faculdade, por que não aproveitar? Eu não podia desperdiçar aquela chance. Quantas pessoas sonham com isso e não conseguem realizar? Além de ser uma coisa de que eu gostava muito, achava que uma viagem naquele momento poderia funcionar como um norte, para me ajudar a descobrir o que eu gostaria de fazer da minha vida (embora eu já tivesse certeza de que queria estudar moda).

Na hora de escolher o destino, não tive dúvida! Por mais que eu tivesse uma lista de países que gostaria de conhecer, naquela época, aos dezessete anos, e com a visão de mundo que eu tinha, o meu sonho, talvez por influência dos filmes, era conhecer a Califórnia! Eu imaginava a Califórnia um lugar lindo, com pôr do sol de cor tangerina, casinhas de salva-vidas azul-clarinhas com escadinhas na lateral, coqueiros altos, mas tão altos que não era possível ver o topo deles, e pessoas correndo pela orla ao entardecer. E, por mais que desconfiasse que a cidade não fosse tudo aquilo, não podia matar o meu sonho antes de vivê-lo.

Ficou decidido que eu iria para Los Angeles estudar inglês.

A despedida no aeroporto foi um misto de sentimentos; meus pais e minha irmã mais nova choravam, preocupados com o que eu iria enfrentar sozinha e antecipando a saudade. Já eu estava tomada por uma sensação estranha, pois, apesar de saber que sentiria saudades e ligaria para eles todos os dias antes de dormir (ou pelo menos nos primeiros dias), estava louca para ir embora, colocar meus fones e entrar no avião! Seria o meu primeiro momento sozinha no mundo! Queria me descobrir, me conhecer, desbravar o mundo. Não sei por quê, mas acho que essa é a idade em que a gente começa a se desapegar dos pais e perceber que um dia, talvez não muito distante, vai ter que caminhar com as próprias pernas. Mesmo que na adolescência a gente não tenha dimensão da dificuldade que é a vida e da solidão que muitas vezes faz parte do mundo adulto.

Chegar num lugar novo, onde, literalmente, você não é ninguém, é assustador. No Brasil eu tinha tudo à mão: comida, amigos, uma rotina que não me fazia pensar muito, curso disso, curso daquilo, um quarto que já tinha muito de mim… Ali eu teria que conquistar tudo. A adaptação foi mais difícil do que eu pensei que seria. Nos primeiros dias, fiquei bem triste; lembro que ligava para os meus pais de manhã e à noite, antes de deitar. Ouvi várias vezes da minha mãe que, se quisesse, eu poderia voltar, mas aguentei firme. Não seria tão fraca a ponto de deixar os meus medos decidirem por mim. O que me manteve firme foi lembrar que estava vivendo o meu sonho, de que aquilo tudo ia durar somente seis meses
e que eu tinha que passar por cima das dificuldades e aproveitar. Aos poucos, fui pegando o ritmo da casa da família com quem estava morando e descobrindo como me movimentar pela cidade. Quando comecei a frequentar a escola de inglês e a conhecer meus colegas, que estavam na mesma situação que eu, vi que aquilo não era um bicho de sete cabeças; na verdade, ele tinha só umas duas ou três.

Depois das primeiras semanas de aula, comecei a me soltar, meu inglês foi melhorando e eu até arrisquei dar umas saídas à noite com meus novos amigos (nas baladas em que eu podia entrar, claro, pois nos Estados Unidos quase tudo é acima de vinte e um anos). Conheci pessoas de várias partes do mundo: asiáticos (sempre em todos os lugares), brasileiros (sempre em todos os lugares), nativos, europeus. E aprendi que ficar perto de brasileiros durante um intercâmbio nunca é uma boa opção. Não por preconceito nem nada do gênero, mas porque a gente acaba não praticando o inglês como deveria. E, querendo ou não, era para isso que eu estava lá, não é mesmo? Não queria estar em outro país, em outra cultura, e me envolver com pessoas que eu poderia encontrar no Brasil.

Passado quase um mês em L.A., eu estava bem, feliz; tinha minha carteirinha do transporte público, feito amizade com o cachorro da vizinha (um cocker lindo chamado Spencer!), que às vezes ela pedia que eu levasse para passear, e tinha até uma prateleira reservada na geladeira da casa em que eu estava morando para colocar as coisas que eu comprava no mercado.

Um dia, quando parei para tomar um café numa daquelas típicas cafeterias americanas que anotam o seu nome no copo, encontrei um grupo de colegas da minha sala. Como todos haviam se conhecido na mesma época, ainda não havia panelinhas formadas (quer dizer, havia, mas nada tão fechado, como acontecia nos colégios em que estudei no Brasil), então todo mundo conversava com todo mundo. Notei que havia um garoto diferente sentado à mesa. Digo diferente não por ele ter alguma característica especial, mas porque eu nunca o tinha visto.

Felippo era o nome dele. Um italiano, um bello ragazzo, como dizem por lá, que também estava fazendo intercâmbio. Na verdade, ele já tinha terminado o curso, mas, pelo que eu tinha entendido, ainda ficaria mais um mês para mochilar. Assim que sentei com o pessoal, o Felippo veio puxar papo. Acredito que, por ser o mais velho da mesa (tinha vinte e dois anos) e com mais tempo de experiência no intercâmbio, ele tivesse mais facilidade em interagir com as pessoas. Conversamos bastante, e, por mais que ele já estivesse lá há quase sete meses, ainda não falava muito bem inglês, além de ter o erre puxado dos italianos (o que não era um problema; na verdade, dava até certo charme). No começo, achei engraçado e fiquei pedindo para ele falar italiano, mesmo não entendendo uma palavra sequer do que dizia.

O que era para ser um café rápido acabou se estendendo, e Felippo e eu conversamos durante toda a manhã e a tarde; falamos sobre música (eu disse que volta e meia, nos meus momentos de melancolia, ouvia Tiziano Ferro) e sobre viagens (perguntei sobre os países da Europa que ele já tinha conhecido, afinal, é tudo tão pertinho). O papo fluiu naturalmente; foi muito diferente de qualquer conversa que eu já tinha tido com garotos no Brasil, que costumavam ser, digamos assim, superficiais. Naquele dia, descobri que gostava de caras mais velhos. Nada de garotos mais. (Tudo bem que o Felippo tinha só vinte e dois anos, mas, para mim, ele era mais velho e experiente.)

Depois do café, demos uma volta pela cidade, tomamos sorvete numa sorveteria ótima do meu bairro e ele me acompanhou até em casa, que, por sinal, era pertinho da dele. O mais impressionante foi que nesse tempo todo não houve sequer uma tentativa de beijo, nem quando nos despedimos, o que me deixou intrigada. Fiquei pensando se era por respeito ou se ele não tinha se interessado por mim. Mas não me questionei muito e resolvi deixar acontecer.

E essa história foi se repetindo... Sorvete, caminhadas, risadas, músicas, passeios de bicicleta. Ele se desdobrava para, no pouco tempo que tinha, me mostrar os lugares mais incríveis que conhecia em Los Angeles! E, quando digo lugares incríveis, não falo dos pontos turísticos e das paisagens clichês, mas de pequenos lugares que a gente descobre e só divide com quem realmente gosta. Um bar, uma loja de antiguidades, uma ruela toda grafitada...

Lembro, com saudade, de quando fomos ao píer de Santa Mônica, alugamos uma bicicleta (daquelas para duas pessoas) e pedalamos até Venice Beach. Chegando lá, paramos em frente ao mar e, sem perguntar – nem deveria –, Felippo me beijou. Foi um beijo diferente dos que eu já havia dado; na verdade, diferente dos que havia sonhado para mim. Confesso que ele não tinha a pegada que eu imaginava nem aquela coisa que faz subir um fogo maluco na gente, mas seu beijo era calmo, suave e cheio de entrega. Todos os elementos ajudaram: eu com dezessete para dezoito anos, a paisagem californiana, um italiano bonito e uma bicicleta para dois... Não tinha como não ser gostoso e especial.

Ficamos juntos pelo restante do tempo em que ele ficou nos Estados Unidos, e, apesar de saber que ele iria embora logo, me entreguei sem pensar no depois. Descobri que viajar sozinha deixa tudo mais intenso: os dias, as amizades, os amores, os aprendizados, a saudade... É como se víssemos tudo através de uma lente de aumento. A gente percebe que não é possível conquistar o mundo sem perder um pouco do nosso próprio mundinho.

Felippo foi a minha primeira paixãozinha. Na verdade, foi uma paixão. Não sei por que tenho essa mania de colocar no diminutivo coisas que, pelo menos na época, foram tão fortes. Começou e acabou ali, mas foi com ele que descobri como é gostoso sentir aquele friozinho na barriga, mesmo sendo uma paixão diferente das que imaginei que viveria. Quando ele foi embora e eu voltei para o Brasil, senti saudade, mas foi como aqueles amores de verão que a gente vive e guarda na caixinha das boas lembranças. Algo breve, mas que me despertou a vontade de viver paixões sem me preocupar com o futuro.

Não sei receber presentes

Eu tenho certo fascínio por assistir ao pôr do sol nos lugares para onde viajo. Caso não tenha essa oportunidade, sinto como se a viagem não tivesse sido completa. Só considero que de fato conheci o lugar quando tenho um momento para, sentada, em silêncio e com as pernas cruzadas, admirar e agradecer à vida vendo o adeus diário do sol. (Sem palmas, que fique claro.) Esse ritual começou durante o meu intercâmbio, quando assistir ao pôr do sol se tornou um dos meus programas favoritos.

No geral, Felippo e eu fazíamos passeios baratos ou gratuitos. Não que meus pais me mandassem pouco dinheiro, longe disso, eles nunca me deixaram faltar um dólar sequer, mas eu preferia não gastar tudo o que eles me mandavam. Coisa da minha personalidade, que, durante meu intercâmbio, só ganhou força. Sempre acreditei que ter uma boa companhia é o que faz um programa ser bom, não o quanto você gasta. Não sei, mas parece que, quando a gente é jovem, as coisas são mais simples; a idade coloca peso em coisas que a juventude sabe tirar de letra, como se divertir com pouco dinheiro.

Numa das inúmeras vezes que Felippo e eu vimos o pôr do sol juntos, aconteceu uma coisa que eu realmente não esperava: ele tirou do bolso uma caixinha. E eu, mesmo sem ter a mínima ideia do que poderia ser, entrei em desespero. Podia ser uma aliança ou, quem sabe, uma simples moeda que ele tinha achado em uma loja de antiguidades, mas o que eu sabia era que não conseguiria receber o presente de forma natural e agradecida.

A verdade é que eu nunca soube receber presentes. Por mais que eu me emocione e adore quando os recebo, não sei como reagir, fico vermelha, com cara de assustada, isso quando não desvio o olhar para o horizonte em busca de um respiro, uma fuga. Para quem está me dando o presente, pode parecer frieza ou desinteresse, mas é só timidez.

Gostaria de saber falar, usar palavras bonitas para agradecer, dizer o que estou sentindo naquele momento, mas elas não saem da minha boca. Não sei por quê, mas, para mim, receber presentes ou elogios, ainda mais quando não estou esperando, é muito difícil. Mesmo que no fundo eu tenha amado. Na verdade, quanto mais gosto do presente ou da surpresa, mais sem reação eu fico… nunca sei reagir direito diante de situações em que me sinto vulnerável.

Eu já era assim quando criança. Devia ter uns dez ou onze anos quando minha mãe resolveu fazer uma festa surpresa para mim (naquela época em que era moda fazer festa de crianças no McDonald's). Era um sábado, dia do meu aniversário, e eu tinha ido jogar vôlei (íamos participar de um campeonato intercolegial e, por isso, fomos treinar em plena manhã de sábado). As meninas do time me deram abraços, beijos e parabéns, e até que foi legal, embora eu seja daquelas pessoas que não gostam muito de fazer aniversário. (Acredite, se você esquecer o meu aniversário, não ficarei chateada nem te culparei pelo resto da vida por isso; até porque também esqueço o aniversário dos outros.) Era perto da hora do almoço quando a minha mãe foi me buscar. Quando chegamos em casa, ela me disse para eu tomar um banho rápido e ficar "ajeitada", porque, como ela não tinha feito comida, iríamos almoçar no McDonald's. Confesso que agora achei divertido lembrar o comentário dela para eu ficar "ajeitada", querendo que eu ficasse bonitinha para o aniversário – com roupa nova, a Melissa que ela tinha me dado de presente antecipado de aniversário, com laçarotes na cabeça e tudo o mais –, para causar uma boa impressão e tirarmos fotos, mas sem poder dar muita bandeira.

Na hora, não desconfiei de nada, afinal, a comemoração do meu aniversário estava marcada para mais tarde, uma reunião de família, lá em casa mesmo; e fiquei feliz por almoçar no McDonald's, o que era raro acontecer (e hoje é raro por opção minha mesmo...)

Chegando na lanchonete, ainda dentro do carro, vi todos os meus amigos brincando naqueles escorregadores coloridos e em formato de tubo e, por um instante, não entendi o que estava acontecendo. Fiquei desesperada: "O que aquelas pessoas estão fazendo aqui?", "Por que os meus colegas da escola estão aqui, na hora do almoço?", "Minha mãe está me fazendo uma surpresa?". Respirei fundo e olhei para ela, que estava com a cara mais feliz do mundo.

"Surpresa!"

Fiquei vermelha feito um pimentão, pensando com os meus laçarotes: "Mãe, por que você fez isso comigo?". Depois fiquei emburrada, me perguntando: “Será que nem a minha mãe me conhece?”, “Por que ela fez isso sem me perguntar?”, “Ela não sabe que não gosto de surpresas?”. Mas, como eu não podia estragar o clima de festa, tentei “aproveitar” da melhor maneira possível, um pouco perdida e sem paciência para com tudo que estava acontecendo. Fingi alegria com a surpresa – eu era estranha, mas nem todos precisavam saber disso.

A felicidade – real, autêntica – estava estampada na cara da minha mãe. Parecia que ela era a aniversariante. Sabe quando, em várias ocasiões, as mães fazem coisas para si mesmas usando a desculpa de que estão fazendo para os filhos? Então, essa era a minha mãe naquele dia...

PS: Ah, e o que o Felippo me deu? Foi um presente especial, que guardo até hoje... Sabe aqueles vidrinhos, pequenos, fechados com uma rolha, com a areia da praia local dentro? Senti que ele queria eternizar aqueles momentos em que víamos o pôr do sol juntos. Se ele conseguiu? É, acho que sim…

A louca das paixões silenciosas

Depois do meu breve (e intenso) relacionamento com o Felippo, aprendi a me entregar, a viver o momento sem pensar muito no futuro. Por mais que tentasse me encaixar e parecer com as minhas amigas, que estavam à procura de alguém para namorar, conhecer a família e fazer votos de amor eterno, os meus amores pareciam sempre me tocar de forma maluca e sem sentido. Eu me apaixonava perdidamente, queria largar tudo e viver aquele amor, aquela paixão – ou qualquer outro nome que você prefira dar –, intensamente. Mas dificilmente conseguia levar o relacionamento adiante. Era nesse momento que os problemas começavam.

Acho que ter entrado na faculdade de moda me ajudou a me libertar cada vez mais. Embora eu tenha achado que o curso deixou a desejar em alguns pontos, principalmente por causa da visão fechada de alguns professores e alunos, ele me colocou em contato com pessoas que tinham visões de mundo muito diferentes das que eu tinha até então. A convivência com elas me ajudou a deixar para trás algumas obrigações e regras que a sociedade nos impõe.

Como essa coisa de casar e ter filhos, que as famílias de cidades como a minha acham que deve ser o futuro de todos.

Mesmo ainda sendo uma garota mais quieta, durante a faculdade fui me descobrindo, colecionando viagens, conhecendo pessoas; comecei a trabalhar, a ganhar meu próprio dinheiro (eu era assistente de uma estilista famosa) e a frequentar algumas festas da faculdade, até descobrir que realmente não gostava muito de baladas, bebidas e agito. Mas, além de aprender que gosto mesmo é de ficar em casa, trabalhar com o que amo e viajar, com o passar do tempo, fui ganhando segurança para aceitar que eu também gostava de paixões com uma pitada de loucura.

Enquanto minhas amigas queriam namorar um bom partido, construir uma casinha com cerquinha branca e ir para a praia todos os fins de semana, eu queria me apaixonar por alguém que me fizesse perder o senso de certo ou errado. Sabe aquela coisa de fazer a vida virar de cabeça para baixo? Eram essas paixões que moviam a minha vida, ainda que soubesse que essa energia inicial se esvai com o tempo. Mas eu pensaria nisso depois, só precisava aproveitar o momento. E, quando digo aproveitar, não quero dizer ficar com vários e vários homens, até porque, apesar de gostar da sensação de me apaixonar, sou bem seletiva nas minhas relações e só consigo ficar com um homem de cada vez. Mas, de qualquer forma, gostaria de me deixar viver, experimentar, me jogar em sensações novas, me descobrir descobrindo os outros.

É engraçado que, embora seja careta com outras coisas (como bebidas, drogas, baladas, relação com o trabalho) sempre fui louca com as coisas do coração. Minhas loucuras são todas relacionadas a paixões, realização dos meus sonhos e objetivos de trabalho e viagens (sempre elas).

E o que isso tem a ver com loucura? Tudo, eu acho. Loucura não é somente se jogar da ponte preso por uma corda, mergulhar com tubarões ou viajar sozinha para o Vietnã. Loucura é dizer – talvez com o olhar, pois palavras não são o meu forte – que, mesmo sem te conhecer muito bem, quero fugir com você. E isso aprendi com o tempo.

Muitos ainda me veem como a menina calma e recatada de sempre. Poucos me conhecem ou percebem as mudanças, ainda que sutis. Talvez ninguém. Só sei que muitos se perguntam como uma mulher tão bonita, bem-sucedida e inteligente – palavras deles, não minhas – ainda está solteira. Eu não vejo sentido nesse tipo de pergunta (qual o problema em ser solteira?), mas a verdade é que não sei como responder. Talvez eu não tenha nascido para ter uma relação duradoura. Tenho dificuldade de me relacionar, de dividir o meu mundo, e morro de medo da intimidade. Gosto de ser livre, de entrar de cabeça em um relacionamento sem esperar nada em troca, sem esperar que ele dure para sempre. Só quero viver o momento, sem pensar no depois.

Workaholic

"Hoje não tenho tempo"; "Claro, vamos nos falando..."; "Qualquer coisa te dou um toque!"; "Desculpa por não ter respondido"; "Não consegui atender, estava em uma reunião". Essas são frases que uso com frequência na minha vida. Se me orgulho delas? Nem um pouco. Mas elas demonstram a minha dificuldade em conciliar a vida profissional com a pessoal.

Se eu fosse contar nos dedos quantas vezes fiquei no trabalho até de madrugada, eu precisaria de muitas e muitas mãos. Já perdi a conta de quantas vezes deixei de comparecer a eventos importantes, como casamento de amigos, reuniões da turma do colégio (não que eu fizesse muita questão de ir), aniversários e formaturas, por achar que o desenho daquele bendito vestido ainda não estava da maneira que julgava ideal, por não ter conseguido fechar com a modelo que iria desfilar no fim de semana ou por causa da costureira que disse que iria atrasar dois dias o prazo de entrega... A vida de estilista e proprietária de uma marca renomada de moda é uma loucura! Uma loucura da qual eu gosto e tenho muito orgulho, até porque não me imagino vivendo sem essa correria, sem esse vendaval que não me deixa pensar nos meus problemas pessoais e nas angústias que carrego comigo. Quando estou trabalhando, não tenho tempo para pensar em mais nada.

Nunca tive dúvida sobre com o que eu gostaria de trabalhar. Sim, teve a fase em que eu queria ser jogadora de vôlei, mas, uma vez superada, logo me interessei por moda. Conforme fui crescendo, amadureci a ideia de trabalhar com isso e, hoje, não me imagino fazendo outra coisa, por mais que muitas vezes me sinta cansada de trabalhar feito uma maluca.

Por mais que a moda faça parte do meu dia a dia, nunca liguei para marcas. Na hora de escolher o que vou vestir, sempre vou pelo conforto, não pela etiqueta. E essa é a filosofia por trás da minha marca também. Uso muito tênis, sapatilhas, rasteirinhas, sapatos Oxford, saias plissadas ou longas, calças jeans, camisetas básicas ou camisas masculinas mais largas; no geral, roupas leves e que não tenham um símbolo em evidência. Caso tenham, isso também não é um problema, mas não é por esse motivo que eu as escolho. Nunca gostei dessa ostentação com marcas estampadas nas roupas ou nas bolsas, por mais que eu tivesse condições de comprá-las. A roupa quem faz são as pessoas que as usam; marcas são só um troféu, uma maneira de demonstrar "poder". Enfim, para mim, existem muitas coisas erradas ou desnecessárias, digamos assim, neste universo da moda, mas, se eu começar a falar, ficaremos aqui por dias.

Então, voltando à minha escolha de fazer moda, honestamente, não sei explicar muito bem o que me levou a me apaixonar por esse universo, mas a moda não me parecia monótona, sempre tinha algo diferente: editoriais, locações, vestidos, cores, eventos, pessoas, correria... E, apesar de ser uma mulher reservada, gosto de agito, de ouvir meu telefone tocando sem parar, de ficar com o sistema nervoso a mil às vésperas de um desfile, da correria sem fim que antecede o lançamento de uma coleção e, quando sai o resultado, ver que aquilo tudo valeu a pena.

Trabalhar com moda, por mais que pareça descolado e desprendido de regras, horários e compromissos, é algo que suga muito a nossa energia, e o nível de dedicação para dar grandes passos na carreira é exaustivo. A cobrança é grande, e agradar a todos, de modelistas a compradores, é uma dificuldade imensa. Lembro que por anos, e, às vezes, até hoje, acordava às quatro da manhã para levar as peças para as costureiras montarem (precisava levantar cedo porque elas moravam muito longe, a quase uma hora e meia da minha casa), e eu ainda precisava chegar cedo no escritório para conversar com as modelistas antes que elas começassem a passar as roupas do papel para os manequins e falar com fornecedores para achar o tecido que havia imaginado para cada uma das peças. Volta e meia eu virava a noite com a minha equipe, revendo medidas, provando roupas, tirando ou adicionando milímetros de tecido, e, por mais que ficássemos lá por noites, às vezes por fins de semanas inteiros, sempre tivemos uma relação muito profissional. Não falávamos sobre nossa vida fora dali. Não sei, talvez eu nunca tenha dado liberdade para isso. Dividir o meu íntimo nunca foi meu forte.

Desde que decidi que faria sucesso no mundo da moda, deixei de lado coisas que a maioria das pessoas julga importantes:

família, qualidade de vida, passeios pela praia, viagem às montanhas, jantares com amigos, relações amorosas que ultrapassem o estágio do "a gente se fala...". Até hoje não sei se fiz certo, mas sempre encarei tudo isso como algo secundário; o meu sonho sempre foi maior que tudo.

E, apesar de não ter muito tempo para lazer, gosto do que faço. E sou feliz assim, ou pelo menos acho que sou. Tenho meus dias de estresse, de loucura e correria, que, em sua maioria, são todos os dias, mas tudo bem, eu que escolhi viver assim. E é importante que todos saibam que não há como trabalhar no mundo da moda sem conviver com a loucura. Os prazos são muito apertados, as pessoas precisam ser ágeis e criativas, e é preciso passar por cima de muita coisa sempre sorrindo; em outras palavras: engolir sapos.

Hoje vivo em função das passarelas, corro para lá e para cá para deixar tudo em ordem e me encontro nos tecidos que ainda corto. As pessoas que me veem dizem que trabalho demais, que sou perfeccionista e que se não me cuidar vou morrer sozinha – sim, acreditem, há quem fale isso à queima-roupa. Pode até ser verdade, eu sei, mas poderiam escolher outras palavras, não é? Eufemismos sempre caem bem.

A verdade é que não sei se trabalho excessivamente porque realmente amo tanto o que faço que não consigo me desprender ou se porque quero preencher alguns vazios e carências que existem em mim. Sinceramente, não sei. Ou talvez eu saiba a resposta e não queira ouvi-la de mim mesma. Vai saber.

No silêncio do meu ateliê, que chamo de meu cantinho, muitas vezes os manequins são meus companheiros de madrugadas. Entre alfinetes coloridos, fitas métricas, pedaços de tecidos e tesouras, vou aliviando e alinhando as minhas solidões. Sem meias palavras, hoje sou o sucesso que sempre sonhei. Lutei, sangrei, metaforicamente, claro (quer dizer, algumas vezes furei o dedo com os alfinetes, mas, no geral, o sangue é metafórico), corri atrás e perdi muitas coisas valiosas para estar onde estou.

Se eu estou feliz? Acredito que sim. Mas estaria mentindo caso dissesse que quando chego na minha casa, linda e decorada como aquelas que a gente vê nas revistas, tenho a sensação de que todo o sucesso e o prestígio que sempre sonhei não tamparam o buraco que eu achei que tampariam. O meu trabalho continua sendo o meu melhor amigo, preenche os meus dias e me ajuda a evitar conviver com algumas das minhas loucuras existenciais, mas, sem dúvidas, quando se vai, no fim do dia, me lembra de que a solidão, mesmo com todo o sucesso do mundo, está sempre ali.

Prazer, Carlos

Carlos era uma figura. Divertidíssimo. Sabe aquele tipo de pessoa que não tem como não gostar e que todos querem por perto? Esse era o Carlos; todos o amavam. Sempre que o apresentava para os meus amigos, um fato engraçado acontecia: ele acabava ficando muito mais amigo dos meus amigos do que eu mesma. E eu adorava isso nele. Essa facilidade de encantar as pessoas. Ele era bom de conversa, tinha um sorriso fácil e uma maneira engraçada e leve de ver o mundo. Nos conhecemos em um dia de supermercado lotado. Final de ano na praia; fila no supermercado, fila na farmácia, fila na padaria, fila para perguntar por que o prédio está sem água, fila para lavar os pés cheios de areia, fila até para ver os fogos da virada. Tinha acabado de chegar à praia e ido ao mercado comprar algumas coisinhas para o café da manhã do dia seguinte. Como sou baixinha, tenho uma dificuldade enorme de pegar os itens da última prateleira. Estava lá, me esticando, quase pulando para pegar a caixa de cereal sem açúcar (sempre que possível, tento comer coisas mais naturais), quando, sem que eu percebesse, um homem se aproximou de mim e disse:

"Eu pego pra você..."

Agradeci, e, quando estiquei a mão para pegar a caixa da mão dele, ele falou:

"Mas eu não disse que seria de graça..."

Sem saber se tinha achado a situação estranha ou engraçada, perguntei:

"Como assim?", e soltei uma leve risada, esperando o seu próximo passo.

"Vamos fazer o seguinte: eu te dou esta linda caixa recheada de cereais e, em troca, você me dá o seu telefone. Eu sei que esta caixa de cereal é valiosa, mas mesmo assim aceito fazer essa troca."

Confesso que fiquei desarmada. Não tinha como não sorrir. Mesmo que, talvez, não fosse nem responder suas mensagens (bem a minha cara fazer isso), tive que dar crédito à brincadeira. Senti uma energia boa nele, e, como não sou de contrariar a intuição, dei meu telefone.

Ele demorou alguns dias para me mandar uma mensagem, o que foi interessante, não porque gosto de charme ou de pessoas "difíceis", mas porque acho que o tempo se encaixou da forma certa. Ele me mandou uma mensagem perguntando se eu gostaria de fazer algo, todo cuidadoso com as palavras, aparentemente preocupado com a minha opinião sobre ele. Por sorte, ele me pegou em um dia introspectivo, com uma pitada de carência, e, sem pensar muito, resolvi dar uma chance, mesmo ele não sendo meu tipo de homem. Às vezes sou um pouco chata e enrolada, confesso. Ou estou completamente apaixonada ou desinteressada. Mas dessa vez resolvi brincar de ser meio-

-termo e ver o que ia acontecer. De novo, a tal da intuição.

Nos encontramos em um bar perto da minha casa (já era um pouco tarde para irmos muito longe) e conversamos sobre todas as besteiras possíveis (e rimos muito). Me dei a oportunidade de ser boba e leve com ele, coisa que nem sempre sou. Na maioria das vezes demoro um pouco para me abrir. Fui aos poucos percebendo que a gente era diferente, mas, mesmo assim, deixei rolar.

Ele era um pouco caipira, não conhecia muito do mundo, bem diferente dos homens com quem eu já havia me relacionado. Não sei se é preconceito meu, mas sempre achei o nível cultural uma das coisas mais atraentes em um homem, mas o Carlos estava me fazendo bem, e era isso que importava naquele momento. Foi gostoso perceber como uma boa risada às vezes cura mais a carência do que um bom beijo – repetindo: às vezes.

No fundo, eu sabia que a gente não duraria muito tempo. De olhar nos olhos já sabia que ele não seria o homem da minha vida – mas quem disse que eu estava procurando o homem da minha vida? Ele era divertido, mas faltava alguma coisa. Na verdade, sempre falta, mas depois conto melhor essa parte (dos meus dilemas). No entanto, viajar com ele era demais – sim, fomos à praia algumas vezes depois daquele bar –, era risada quando a gente parava no posto para abastecer, quando chegávamos no hotel, quando o pneu furava no meio do caminho; ele era bem-humorado em todas as situações. Tudo bem que, volta e meia, ele usava umas roupas que me davam vergonha de sair à rua com ele, mas era um bom rapaz, tinha um bom coração e cuidava de mim com todo o carinho do mundo. Eu gostava dos mimos que ele fazia, mas às vezes confesso que era meio arredia. Queria o meu espaço, o meu cantinho, e ele nem sempre sabia respeitar isso sem questionar o que havia acontecido. E eu dizia: "Juro que nada, só gosto do silêncio, do meu canto, mesmo". Mas, ainda assim, ele achava que eu estava chateada com algo.

Carlos era um homem apaixonado e cheio de histórias bonitas sobre a família. Mas não era isso que eu mais gostava nele. Sua melhor qualidade era que, apesar de sentimental demais em alguns aspectos, ele não era aquilo que chamo de namorado coco. Vou tentar contextualizar. Imagine que você está numa praia linda, sob um sol gostoso, mas não insuportável, e, no auge da sua sede, você pede um coco gelado para tomar. O coco está delicioso e você o toma com toda a sede do mundo. O coco acaba, você o coloca ao lado da cadeira e volta a curtir a praia. Até que, por uma eventualidade, bate um vento forte, ou a maré sobe, e você precisa mudar de lugar. Você pega a cadeira, o guarda-sol, a canga e muda de lugar. E, nesse momento, percebe que o coco ficou ali, na areia da praia. Você pega, olha para os lados à procura de um lixo, mas não acha nenhum. Aí, por não achar um lixo, você leva o coco com você para esse novo lugar. E o processo se repete quando você precisa ir embora.

Em resumo, o namorado coco é aquele que fica ali, não sai do lugar, não interage com os seus amigos e só atrapalha as confraternizações. É, geralmente, aquele namorado que quer ir embora cedo, que está sempre cansado ou que fica deslocado nos locais por total falta de proatividade.

E – graças! – este não era um defeito de Carlos.

Ele era muito legal, de verdade! Saímos algumas vezes, mas, depois de um tempo, quando as coisas ficaram um pouco mais sérias, resolvi me afastar. Como sempre faço. Não sei, parece que chega uma fase em que as coisas ficam monótonas para mim. Mas, tudo bem, também não sou obrigada a ficar com quem, dentro de mim, já passou do prazo de validade. (O problema é que as pessoas passam mais do prazo de validade do que deveriam.) Ele tinha ótimas qualidades, que brilhavam aos olhos, mas também tinha defeitos que me incomodavam. Primeiro, o jeito de se vestir, combinando roupas que de fato não combinavam: xadrez com listrado, meias altas com bermuda e assim por diante. Eu dava sugestões, mostrava roupas de que ele poderia gostar, aconselhava a não usar certos tipos de acessórios, mas ele era cabeça fechada e não me escutava.

E, como eu trabalho com moda, isso pesava muito para mim. Não que fosse grande coisa, mas sabe aquele algo pequeno que vai nos corroendo aos pouquinhos por dentro? E a gente vai falando, dando um toque, até essa coisa pequena virar algo gigantesco.

Outra coisa que me deixava desconfortável era que ele tinha um romantismo que, para muitas mulheres, acredito que seja um sonho, mas, para mim, era algo que me agoniava. Em muitos momentos, chegava a ser grudento, me questionava e cobrava respostas de sentimentos que eu não conseguia traduzir em palavras. Eu tentava explicar que cada um sente e demonstra afeto de um jeito diferente, mas a cabeça dura dele e as experiências passadas com mulheres extremamente carentes e apaixonadas o fizeram pensar assim.

Enfim, como eu disse, Carlos era legal, divertido, parceiro, mas, sei lá… acho que não bateu.

Prazer, Antônio

Sabe aquele tipo de homem que mora numa bela casa, acorda cedinho para correr com o cachorro e, logo após seu exercício diário, volta para fazer tapioca de whey protein ou ovos mexidos com óleo de coco? Ah, e um suco verde! Sabe aquele tipo de homem que conhece lugares bacanas, bons restaurantes, tem uma lábia boa, um jeito ao mesmo tempo doce e safado de olhar, mas em quem, no fundo, a gente sabe que não deve confiar? Sabe aquele tipo de homem que corre na orla pela manhã ou no fim de tarde, de peito de fora, cumprimentando e sorrindo para quem quer que passe? Sabe aquele cara que joga vôlei na praia aos sábados pela manhã e faz crossfit no domingo à noite? Sabe aquele cara cuja foto do perfil é uma selfie dentro do carro, os cabelos penteados para trás, óculos escuros, a camisa de botão entreaberta e os bancos cor de caramelo aparecendo ao fundo? Sim, mostrar o carro por fora seria ridículo demais, então, o tom caramelo já deixa explícito que o carro é caríssimo. Sabe aquele homem que é todo galanteador, bonito, bem vestido, cheiroso, mas em quem, muitas vezes, falta aquele tom de realidade? Esse era o Antônio.

Para as mulheres que se sentem atraídas por músculos, carros e olhares cerrados, ele era o homem perfeito, assim, sem aspas. Ele tinha as qualidades que toda mulher gosta – ou a maioria, para não generalizar, vai... Eu mesma nunca fui de gostar de homens perfeitos. Nem de caras que gostam de se vender como perfeitos. Preguiça!

Nos conhecemos no baile de uma revista famosa, daqueles chiques, cheios de fotógrafos e holofotes, nos quais as mulheres usam vestidos longos, algumas com decotes provocantes e sensuais, outras mais discretas, e os homens, smokings, alguns até arriscam ousar na cor da gravata, mas todos sabem que o bom e velho preto e branco nunca falha; sempre o clássico. Esse era o público da festa, pessoas galantes, usando roupas de marcas que poucos sabem de onde surgiram e sorrindo como se soubessem o que estavam fazendo ali. Mas, na verdade, não sabiam, elas nunca sabem. É só glamour, diversão, fotos bonitas, matérias em revistas, comidas e bebidas boas. O trabalho, a premiação ou a divulgação de algo é só uma desculpa para fazer festa. Problema? Nenhum! Eu é que sou ranzinza mesmo.

Para falar a verdade, nunca gostei desse tipo de evento, não sei, sempre me soou muito ego para pouco objetivo. Eu me arrumava, chegava, sorria para quem merecia e, logo após a premiação, ia embora. Mas eu tinha que ir, estava representando a marca, e sabe aquele ditado que diz: "Quem não aparece não é lembrado"? Ou será que é quem não é visto? Não sei, algo assim. E as meninas que trabalhavam comigo também gostavam de todo esse agito, estavam descobrindo esse mundo agora, então, não custava deixar que se divertissem.

E, se tem uma coisa de que não gosto – para não dizer que odeio –, mas que é praticamente obrigatória nesse tipo de evento, é usar salto! Sim, eu sei, é quase uma ofensa, uma injúria, trabalhar com moda e declarar isso, assim, para quem quiser ler, mas é sincero. Não sei, quase todos os saltos fazem o meu pé doer, me sinto desconfortável e agoniada. Ninguém percebe o meu desconforto, pois aprendi a andar de salto e a sorrir como se nada estivesse acontecendo, mas no meu interior estou implorando para chegar logo em casa e colocar as minhas meias até os joelhos. Durante muito tempo julguei as mulheres que tiravam os sapatos nas festas para poder dançar mais confortavelmente; achava isso uma atitude ridícula e ficava pensando que, se a pessoa não aguentava usar o salto, que não fosse com ele. Mas, hoje, depois de tanto usar salto e não aguentar mais, mudei totalmente de opinião. Se estamos numa festa, temos que nos divertir, e não fingir que somos belas e recatadas – salvo algumas exceções, claro. Com a idade, mais segura das minhas vontades, quem está sendo a mulher que tira o salto antes de todas sou eu, para vocês verem como é a vida.

Mas voltando a como conheci o Antônio... Eu estava sentada, comendo alguns daqueles docinhos bonitos, mas que não têm gosto de nada, quando ele chegou na minha mesa para me cumprimentar. Eu não o conhecia e achei estranho o fato de ele passar de mesa em mesa cumprimentando as pessoas. Não sei, achei arrogante, prepotente, parecia que ele era o dono da festa ou que queria mostrar que conhecia todo mundo. Quando chegou à minha mesa, todas as mulheres ficaram maravilhadas, e eu, mesmo contra a minha vontade, precisei admitir que ele realmente era bonito. Ele sorriu e cumprimentou a todos na mesa, homens e mulheres; foi muito educado, o que quebrou um pouco aquela impressão inicial que eu tinha tido dele. Fora que usava um bom perfume, tinha um olhar penetrante e um jeito educado de falar. Eu o cumprimentei, disse meu nome e me levantei

para ir embora. O dia tinha sido cansativo e sabe como é... só queria minha cama. Sozinha.

Na semana seguinte, recebi a seguinte mensagem de texto:

"Oi, Luiza, tudo bem?!"

"Tudo… Quem é?" Eu realmente não sabia!

"Antônio, nos vimos aquele dia no baile da revista, lembra?"

"Ah, sim! Lembro hehe!"

Nesse momento, estava tentando imaginar quem havia passado o meu número para ele. Provavelmente uma das meninas que trabalhavam comigo, mas resolvi não perguntar. Não queria despertar fofocas no escritório.

"Como você está?"

"Bem, bem!" Na correria, acabei nem perguntando de volta, bem a minha cara fazer isso.

"Que bom! ;)"

Acabei deixando a conversa morrer. Eu estava trabalhando, correndo com as costureiras, não estava raciocinando direito. Achei legal ele se lembrar de mim e vir falar comigo, mas nada de excepcional.

Alguns dias depois, ele puxou conversa de novo, e, de forma leve e natural, passamos a nos falar quase todos os dias. Ficamos quase um mês conversando, trocando fotos de comidas, falando sobre o trabalho e a solidão que acompanhava as minhas viagens (estava numa fase em que viajava toda semana: convenções, palestras, essas coisas). Confesso que comecei a gostar das nossas conversas.

Quando vi o Antônio pela primeira vez, achei que ele era aquele tipo de homem mais incisivo, direto, que te olha como se dissesse: "E aí, vai ou não? Tem tantas por aí…", como se as mulheres fossem um objetivo a ser conquistado. Mas me surpreendi – positivamente, claro. Conversa vai, conversa vem, percebi que, por trás daquele cara galanteador, cheio de olhares e charmes, havia uma pessoa sensível e carente. Como eu, na verdade. Mas a gente nunca iria admitir isso para o outro; nosso jeitinho orgulhoso de ser.

Um dia, quando eu estava voltando de viagem, cansada e cheia de malas, ele me enviou uma mensagem perguntando se eu gostaria de jantar. E, sem pensar, mesmo estando desarrumada e cansada da viagem, aceitei, até porque estava com preguiça de chegar em casa e preparar algo para comer – ele que me aceitasse da maneira como eu estava, e, sinceramente, não estava preocupada em ser aceita, só queria matar a fome e conversar um pouco mesmo. Eu estava precisando de uma boa conversa, e, pelas mensagens que estávamos trocando, ele parecia ter um bom papo. A verdade é que as minhas viagens me sugavam muito, então convites assim, feitos na hora certa, eram irrecusáveis.

Antônio foi me buscar no aeroporto, me ajudou com as malas e me cumprimentou como se estivesse me esperando havia meses. Engraçado, diferente, surpreendente? Talvez. Jantamos, conversamos e, no fim da noite, nos beijamos.

Engraçado que senti que, com medo de me assustar ou parecer ser algo que não gostaria, ele me "respeitou" mais do que deveria. Digo, ele poderia ter me dado um belo beijo, daqueles cheios de mãos e olhares, mas optou por um beijo doce e calmo. Contudo, esse foi só o primeiro, aos poucos as expectativas foram se cumprindo; charmoso, poucas palavras, muitos olhares. Antônio também se vestia bem, tinha um belo carro, uma bela casa, um jeito safado e pontualmente direto. Ele não tinha a alegria, aquela coisa inocente de alma que o Carlos tinha, mas era uma nova experiência que eu não gostaria de deixar de viver. Mas, como sempre, eu sabia que aquilo tudo tinha prazo de validade.

Por várias noites fizemos sexo no chão da casa dele; vivíamos um relacionamento sem regras, sem perguntas nem cobranças. Mas, depois de alguns meses juntos, percebi que Antônio estava começando a se apaixonar. As declarações pareciam mais palpáveis e diretas, a maneira como ele segurava a minha mão não era mais com aquele tom de brincadeira ou simples desejo, mas com carinho e proteção, os convites estavam ficando cada vez mais brandos e familiares, e todos aqueles protocolos de quem quer dizer, mas não consegue, que está gostando de você ficavam cada vez mais evidentes. Teria eu feito ele se apaixonar? Que medo! Não gosto de carregar a responsabilidade de ter alguém apaixonado por mim. De fato, o sexo era bom, tinha pegada, beijos na medida certa, mãos grandes, sorriso largo, safado, mas, para mim, era só isso. Era bom, gostoso, saudável, divertido, mas não fazia meus olhos brilharem. Para mim, era só sexo, eu precisava disso (como todo mundo que deseja acordar de bom humor). Mas, quando o sentimento dele começou a surgir, eu, para variar, me enfiei numa toca em que só cabia um de nós. Não queria me envolver; na verdade, nunca quero. Seria medo de ser feliz?

Enfim, Antônio era uma boa companhia, o sexo era bom, mas, sei lá… acho que não bateu.

Prazer, Bernardo

Metade menino, metade homem. Doce, fofo, porém não enjoativo. É, ele era fofo (mesmo os homens odiando esse adjetivo, ele é muito representativo e singular para nós, mulheres), e isso não significava que ele não tivesse pegada ou fosse somente uma companhia para os dias de chuva, muito pelo contrário. Divertido, mas longe de ser pedante ou insistente. Carinhoso, mas não meloso. Safado e cheio

de malícia. Sabe aqueles homens que beijam sorrindo? Aqueles que, com o seu jeito de falar baixo e num tom de voz gostoso, nos levam a fazer coisas que sempre dissemos que nunca faríamos? Sexo de ladinho? Sua especialidade! Uma boa companhia para os fins de semana e para as terças-feiras à tarde. Compreensivo nas dificuldades, leve, fácil de lidar, mas tempestivo quando tem que ser; parecido comigo. Esse era o Bernardo.

Conheci o Bernardo num trem para Milão, eu estava voltando da casa de uma amiga em Verona, cidade linda e charmosa onde se passa a história de Romeu e Julieta.

Transportes são lugares especiais, se vistos com um pouco de paciência; a gente sempre encontra pessoas interessantes neles. Quando estão em movimento, em busca de um destino, sentindo o cansaço do trabalho, da vida, as pessoas tendem a se despir de suas máscaras, baixar a guarda.

Notei a presença dele assim que entrei no vagão. E tive certeza de que ele era brasileiro. Quando a gente tem a oportunidade de viajar bastante por aí, reconhece os brasileiros de longe, pelo jeito de sorrir, de olhar, mas, principalmente, pelo jeito de mexer no celular – quando acha um wi-fi de graça –, como se tivesse que responder a todas as mensagens atrasadas em segundos. A ansiedade e a alegria dos brasileiros é sempre algo que transborda pelos dedos, mas me reconheci mesmo nele no instante em que o vi olhando pela janela: sereno, contemplativo. Quando a gente olha pela janela em silêncio, piscando devagar e sem se preocupar com o tempo passando (e as mensagens não respondidas), até porque não podemos fazer nada além de esperar o trem chegar ao seu destino, estamos repensando, equilibrando as loucuras e as escolhas que já foram feitas e julgando se valeram a pena. E sempre valem. Ele me pareceu um homem solitário, pensativo, inteligente, solto no mundo, sem rumo nem grandes laços – como eu.

Após um tempinho flertando, nos observando pelo reflexo do vidro, ele sentou ao meu lado e puxou assunto.

"Pra onde você está indo?"

"Milão."

"Muito estranho eu sentar do seu lado, assim, do nada?", ele perguntou.

"Não, não..." Homens com atitude sempre me fascinaram.

"Então posso ficar?"

"Claro!", respondi, com essa exclamação mesmo.

"Mesmo se for com essa cara de bobo?", e soltou uma risada leve.

"Você não tem cara de bobo..." Tentei ser meiga.

"Vai ficar em Milão por quanto tempo?"

"Só quatro dias."

E assim foi. Conversamos a viagem inteira, ignorando a paisagem em volta, até o trem chegar na estação. Nesse momento, mesmo sem muita intimidade, ele disparou:

"Posso te fazer uma pergunta maluca?"

Mal sabia ele o quanto adoro perguntas malucas.

"Que tal irmos amanhã ao Parque Sempione?"

Ele nem sabia se eu tinha compromisso, mas não havia tempo para perguntas triviais. Respondi antes mesmo de ele terminar de perguntar:

"Adoraria!", com uma cara de "legal, pode ser", mas com o meu coração querendo dizer "por que você não perguntou isso antes?". Eu só tinha quatro dias, estava sozinha, e seria besteira desperdiçar um momento como esse. Não é todo dia que a vida joga oportunidades assim no nosso colo. E, embora tenha dito para ele que ainda não tinha ido ao Parque Sempione, eu já o conhecia muito bem, mas não queria tirar a alegria que ele aparentava com a ideia de me apresentar um dos lugares mais bonitos de Milão. Mentir por uma boa causa pode, não?

No tempo em que fiquei na cidade, ele me levou ao Parque Sempione, que, convenhamos, é lindíssimo e tem um monumento chamado Arco della Pace, que me fascina por sua história (esse arco foi feito para comemorar as vitórias de Napoleão). Ficamos deitados no gramado, tomando gelato e conversando. Foram horas e horas perto do lago divagando sobre a vida. Tivemos a sorte de pegar um lindo dia de sol e poucas nuvens. Fomos também à Duomo di Milano, a catedral mais famosa e simbólica de Milão, e, na minha opinião, a mais linda do mundo – desculpe, Notre--Dame! Fomos à Galeria Vittorio Emanuele II, um dos lugares mais chiques da cidade, repleto de lojas de marcas famosas, cujas roupas eu, embora não tenha muita afeição por grifes tão caras e abusivas, já tinha usado várias vezes como fonte de inspiração. Querendo ou não, Milão não deixa de ser o centro da moda. E, claro, fomos também ao Teatro alla Scala, uma das coisas mais magníficas que já vi na vida, grandioso, uma referência de teatro de lírica do mundo. Lembro que tirei várias fotos daquele lindíssimo lustre de cristal de Murano que fica no centro do teatro. Sensacional, sensacional! Foram vários momentos gostosos, por causa dos lugares, da companhia agradável, da cultura, dos lindos dias de sol, cafés e sorvetes.

Beijos? Nos beijamos logo no primeiro dia, no parque. Foi tudo tão intenso, que, acredite se quiser, cancelei o meu hotel para ficar na casa dele. Na verdade, na casa que ele havia alugado lá – ele estava fazendo um curso de cinema. Como tudo isso aconteceu tão rápido? Nem eu sei… não me faça perguntas difíceis. E também, convenhamos, ficar me questionando seria burrice. Dúvidas nesses momentos de decisões rápidas são sempre desnecessárias. Me esqueci de contar uma coisa importante, quer dizer, que para alguns é importante, para mim é apenas um detalhe: ele era bem mais novo que eu, uns seis anos. Garoto, menino, mas com uma cabeça de gente grande!

Ficamos juntos os quatro dias. E mais alguns meses depois. Ele voltaria para o Brasil algumas semanas depois de mim, e, o mais louco, descobrimos que morávamos perto. Não na mesma cidade, mas era perto, uma hora e meia de carro. Com o tamanho do Brasil, isso é algo que merece ser destacado. Nos meses que ficamos juntos, nos vimos algumas vezes, jantamos em restaurantes em que eu nunca havia ido, nos curtimos bastante e compartilhamos experiências para quando tudo que restasse fossem só lembranças.

Nesse tempo, o Bernardo me invadiu feito água, me desdobrou e me mostrou sentimentos que eu havia esquecido que existiam. Sabe, quando a gente é rígida, fechada ou fria, como muitos me dizem, o segredo não é nos invadir feito uma daquelas bolas de demolição, que destroem tudo e querem nos convencer a nos entregar à força, como se fosse a única saída para a felicidade, mas, sim, feito uma enchente, feito água, que, aos poucos, vai nos invadindo, se infiltrando, e, quando nos damos conta, já estamos vivendo o que, há alguns meses, dizíamos que jamais viveríamos. Pessoas intensas demais, que acabam atropelando tudo, como a bola de demolição, me assustam e me fazem querer ir embora. A liberdade sempre
me prende por um pouco mais de tempo.

Bernardo era muito cabeça aberta, sem preconceitos, sem atitudes ou pensamentos machistas. Um dia eu pagava a conta, no outro era a vez dele; um dia ele me buscava, no dia seguinte íamos com o meu carro. Sem regras nem obrigações.

Bernardo era um garoto especial demais para viver o tipo de relacionamento que eu podia oferecer. Por mais que ele dissesse que não se importava, eu não achava justo. Sabe aquele clichê "o problema não é você, sou eu!"? Talvez hoje eu consiga entender por que algumas pessoas dizem isso. E pior que era verdade, ele sabia, como poucos, lidar com as minhas particularidades. Sempre muito compreensivo e paciente. Honestamente, eu nunca tive do que reclamar, ele sempre foi muito preocupado comigo, com as minhas vontades e os meus sonhos. Me lembro de quantas vezes ele me convidou para sair e eu disse que não podia, que precisava ficar até mais tarde no trabalho para terminar os relatórios, as costuras, e ele vinha me ajudar, somente para acelerar o processo e podermos ir jantar ou pegar um cinema.

Sabe aquele tipo de homem com quem a gente termina a relação, mas para quem a gente deseja todo o amor do mundo? E, mesmo tendo que dizer adeus, torce para que ele encontre alguém que o trate como merece? É isso que sinto em relação ao Bernardo. Ficamos um tempo juntos, felizes, mas aquela sensação de que "falta algo" sempre estava presente, me perguntando se seria assim até o fim. Sensação injusta, maluca, que dia após dia fazia eu me questionar: "Mas o que mais falta?".

E sempre faltava algo, em todas as minhas relações. Acho que nunca correspondi totalmente a elas. Coisa difícil de admitir.

Parece cruel. E talvez até seja. Não consigo me entender, quem dera entender um outro alguém…

Enfim, Bernardo era um amor, um bom parceiro nas horas difíceis, mas, sei lá... acho que não bateu.

E filhos?

Dia desses me perguntaram se eu não gostaria de ter filhos – sim, ainda tiveram a audácia de usar a palavra no plural: filhos! Não sei se por causa dos meus cabelos que estão começando a branquear ou dos meus olhos que estão cada vez mais cansados (estou dormindo pouco ultimamente), mas esse tipo de pergunta tem sido uma constante na minha vida. E sempre que me perguntam esse tipo de coisa, me pego pensando: "Se eu não estou preocupada em ter essa resposta, por que os outros estão? Será que estão preocupados com a minha felicidade? Que coisa altruísta!".

A pergunta geralmente vem acompanhada de um julgamento no olhar. Me cobram uma resposta, como se fosse fácil, como se eu estivesse na sorveteria decidindo entre sorvete de flocos e de chocolate, e o atendente me encarando com aquele olhar impaciente. Ainda acho que as pessoas não deveriam cobrar certezas dos outros só porque, em certos assuntos, sabem o que querem.

Muitas vezes, só para provocar espanto (gosto de deixar as pessoas assustadas com o meu modo de levar a vida), quando essa pergunta aparece, finjo uma segurança que eu sei bem que não tenho e respondo com um veemente "não!".

O fato é que esse "não" tem um fundo de verdade. Acredito, estou quase certa, que não quero ter filhos, mas ainda não consegui admitir isso para mim mesma (talvez por medo da solidão do futuro), que dirá para os outros. Por isso costumo dizer que vou deixar acontecer. Não é incomum, ao notarem minha tendência a não ter filhos, que as pessoas façam comentários torpes do tipo: "Mas quem vai cuidar de você quando ficar velha?", como se ter um filho fosse uma garantia de segurança na velhice, uma espécie de aposentadoria com rentabilidade vitalícia em forma de carinho. Se fosse assim, não existiriam asilos. E fico me questionando: seria egoísmo meu não querer ter filhos ou egoístas são as pessoas que querem filhos para serem cuidadas por alguém no futuro? Fica a dúvida...

Ter filhos deve ser uma maravilha, de verdade! Mas a questão é que não acho que sou capaz de cuidar de uma criança como ela merece. Ou talvez eu seja um pouco egoísta e não queira abrir mão do que tenho e da minha vida como ela é hoje. Ficar sem dormir? Trocar fraldas? Levar na escola e ouvir sermão por causa do comportamento na reunião de pais? Consigo dar conta do meu trabalho, mas será que conseguiria dar conta de uma criança? Isso me assusta! Nem quando era criança e brincava de casinha eu queria ser a mãe; não gosto nem de segurar bebês! E o que acontece com o corpo durante a gravidez? E depois da gravidez, será que a barriga volta mesmo? Francamente, não sei se estou preparada para passar por tudo isso.

Se eu não tenho medo de me arrepender? Claro que tenho!

O medo de me arrepender, de ser tarde demais, é quase como uma assombração. Até porque é difícil ter certeza de algo que a gente não sabe como será. Mas eu sinto como se não tivesse o gene materno dentro de mim. É um feeling, não uma verdade absoluta. Tudo bem, toda mulher deve tê-lo escondido em algum lugar do corpo, da alma, e ele deve aflorar em algum momento, mas o meu parece estar hibernando, e, honestamente, não me importo que assim seja. Nem toda mulher tem a missão, muito menos a obrigação, de povoar o mundo.

Minha família é bem tradicional, sabe aquelas com vários integrantes, primos, tios, sobrinhos e piscina de bolinha nas festas infantis? Então... Acontece que estou quase decidida a mudar a rota, a fugir dos padrões que a minha família sempre seguiu, mesmo que meus familiares não aprovem muito. Sorte que eu tenho a minha irmã, assim não preciso viver com o peso de não dar netos aos meus pais. Sei que eles ficariam muito felizes ganhando netos, mas não posso realizar o sonho deles com todas as dúvidas que tenho. Ao mesmo tempo, também não posso carregar a responsabilidade pela felicidade alheia, entende?

Talvez tudo seja somente uma grande desculpa e eu só tenha medo de assumir responsabilidades afetivas. E qual o problema? Então, por favor, nunca pergunte, à queima-roupa, a uma mulher se ela gostaria de ter filhos. Principalmente se a pergunta vier, sadicamente, seguida daquele olhar de julgamento. Perguntar: "E filhos?" e, tal qual a senhora do tempo, dar aquela olhada incisiva, como querendo dizer que o tempo está passando e a mulher está envelhecendo e ainda não achou ninguém, é de uma crueldade sem fim. Evite, respeite a decisão de cada uma, pergunte se ela gostaria de ter uma horta ou adotar um cachorro, pintar a parede de amarelo ou azul-turquesa. Sem dúvida a resposta será mais tranquila e assertiva.

Low profile

Eu não tenho redes sociais. Quer dizer, até tenho, mas uso muito pouco, geralmente para o trabalho, para acompanhar as novidades da família e de amigos bem próximos ou para ver algo, no meu ponto de vista, interessante, como destinos de viagem diferentes, lugares exóticos para conhecer, decoração para casa, referências de moda. Não tenho um milhão de amigos nem curto todas as páginas que aparecem. Ah, e também gosto daqueles vídeos de animais fazendo coisas fofas, mesmo que ninguém ache isso a minha cara.

Comentar nas fotos de alguém? Acho que nunca fiz. Também não sou de bisbilhotar a vida dos outros – até porque poucas pessoas me despertam interesse de bisbilhotar. Tudo bem, às vezes eu dou uma olhadinha, mas coisa rápida, e, quando sinto que estou perdendo tempo demais com as redes sociais, procuro fazer algo ao ar livre; exercícios são a minha válvula de escape. Não que eu julgue quem passa muito tempo nas redes sociais, mas… na verdade, acho que julgo, sim! Ler algumas opiniões dos meus amigos nas redes sociais também é algo de que não gosto, pois me faz perder um pouco da admiração que tenho por eles, então prefiro não acompanhar as discussões. É melhor ser "ignorante" e "desatualizada" a perder os amigos.

Algumas pessoas me acham "antissocial" por não ter uma vida digital agitada, por não me expor, mas eu prefiro viver, digamos assim, uma vida mais real e menos internética. Se eu posto fotos? Sim, posto, mas poucas. E na maioria das vezes são fotos de paisagens, situações cotidianas, pôr do sol – sempre o meu horizonte favorito – ou alguma comida que eu julgue muito interessante – tem que ser muito interessante mesmo. Até posto algumas fotos minhas, mas elas são mais artísticas, nada de selfies. Acho meio egocêntrico tirar fotos de si mesmo e postar; por que alguém iria querer ver o seu rosto perambulando na timeline? Também não sei, me parece estranho.

Pensando agora, por ter essa minha maneira silenciosa de levar a vida e de não me expor, muita gente deve achar que sou solitária, que não me relaciono com ninguém. Não que eu me importe, mas digo isso porque nunca fui muito de falar sobre os meus namorados, namoradinhos, ficantes ou qualquer termo que as pessoas usem hoje em dia. (Você sabe, sempre tive dificuldade de nomear as minhas relações.) E todos esses relacionamentos malucos e imprevisíveis que contei aqui nunca expus a ninguém. Honestamente, não vejo nenhuma vantagem em alguém ficar sabendo da minha vida ou da vida de quem está comigo. Até porque sempre achei que as pessoas deveriam me julgar pelo meu trabalho, pela maneira como conduzo a minha marca, e não pela minha vida pessoal, pelas minhas viagens ou pelos meus – esporádicos – relacionamentos. Minha vida particular só diz respeito a mim e a quem estiver comigo, não preciso da opinião de ninguém.

Quando estou com alguém, não costumo sair muito em público, prefiro viagens a dois e programas, em geral, mais reservados. Nenhuma das minhas funcionárias fica sabendo com quem eu saio. Mas quando e se descobrem, o burburinho toma conta do escritório, como se algo surpreendente tivesse acontecido. Confesso que não gosto, mas sei que demonstrar meu descontentamento seria pior, por isso finjo não me importar. Não fico chateada, pois a vida em empresa é assim, as pessoas sempre falam, comentam, fofocam... Mas tem um pensamento que vira e mexe passa pela minha cabeça e me incomoda um pouco: "Será que sou tão esquisita assim para os outros se espantarem quando me relaciono com alguém?".

Fofocas? Evito sempre que possível! Também não gosto que me contem segredos, prefiro que cada um guarde os seus para si. O peso da responsabilidade de saber o segredo de alguém não me agrada. Gosto do silêncio, do respeito, da escuridão, das não fofocas. Sabe, assim como não gosto que saibam da minha vida, prefiro não saber da vida de ninguém. Não sei o quão frio e antipático parece dizer isso, mas é sincero.

Sempre tive um ar de timidez, de silêncio e poucas palavras, sempre fui uma mulher dos bastidores, até mesmo no meu trabalho. Por mais que a minha vida profissional tenha me trazido um reconhecimento grande, faço o que faço por amor, e não pelo glamour, pela fama ou para aparecer. Quero que o meu trabalho seja reconhecido, não necessariamente o meu rosto. Por ser tímida, muitas vezes deixo de cumprimentar pessoas importantes. Pode parecer arrogância, mas é só timidez. Fico imaginando o que as pessoas devem comentar: "Agora, com o sucesso, ela virou outra pessoa", só que eu sempre fui assim, antes mesmo de ser bem-sucedida no meu trabalho. Mas é complicado explicar a timidez para quem não a carrega em si; sempre acham que é frescura.

Então, se eu pudesse me definir em um único termo, sem dúvida seria: low profile, termo em inglês que significa discreto. Sempre gostei desse termo; ele me define e define a maneira como quero que as pessoas me vejam. Gosto de ser assim, quieta, cheia de silêncios e de não evidenciar muito a minha vida pessoal. Nunca fiz muita questão de que os outros lembrassem muito de mim.

O medo da intimidade

Antes de qualquer coisa, preciso avisar que essas palavras provavelmente sairão em tom de confissão. Coisa que não costumo fazer com frequência, mas sabe quando as angústias começam a nos sufocar e pedem uma atenção especial? Então…

Você já me conhece um pouco e sabe que sempre busquei ser independente, desapegada e voar alto nos sonhos, principalmente naqueles relacionados ao meu trabalho. Nunca, ou quase nunca, me importei com a solidão; na verdade, eu a achava o máximo, ela era minha melhor amiga. E mais: sempre achei que ser independente seria o suprassumo da felicidade, o auge da alegria com que sempre sonhei. Achava que, sendo assim, eu poderia me apaixonar e namorar quem eu quisesse, sem me prender ao tempo e às regras, sem me questionar muito sobre o que estava vivendo. Que eu poderia viver somente as alegrias dos amores e, quando as coisas ficassem sérias, simplesmente me afastar. Que eu poderia viajar, me perder pelo mundo, conhecer os lugares que quisesse e que, mesmo após todo esse tempo "perdida" pelo mundo, as pessoas ainda estariam ali me esperando, e, caso não estivessem, tudo bem, porque eu me virava muito bem sozinha. Que eu poderia trabalhar feito louca, sem me preocupar com os horários ou o estresse, realizar todos os projetos que imaginei e, mesmo que não tivesse tempo para encontrar os meus amigos, tudo bem; a gente teria tempo para isso depois...

Sempre achei que a liberdade e a independência fossem a solução para todos os meus problemas. E que, sim, eu só seria plenamente feliz quando conseguisse realizar todos esses meus desejos: trabalhos, amores, viagens. E, de fato, sou completamente apaixonada pela liberdade que conquistei, de ir e vir, de não ser cobrada, de sumir e aparecer quando sentir vontade, de dizer o que sinto ou, como na maioria das vezes, de não dizer nada. Mas não tinha noção de que essa independência me traria tantas armaduras, tantas manias, tantos medos – inclusive o medo da intimidade.

Hoje, infelizmente, consigo perceber como esse medo está presente até nas pequenas coisas... Mesmo adorando carinhos, parece que nem sempre sei recebê-los. Mesmo adorando a companhia de alguém nos dias de chuva, gosto dos meus horários, de ir embora quando bem entender, ainda que soe egoísta – e na maioria das vezes é. Mesmo adorando ouvir que sou amada, quase nunca consigo retribuir com palavras, me engasgo, a garganta fecha. Tenho dificuldade de confiar nas pessoas, demoro para deixá-las entrar na minha vida, parece que tenho o freio de mão puxado na hora de me entregar aos reais sentimentos.

E isso tudo é um reflexo da minha tão sonhada liberdade.

Com o tempo e sem perceber, fui inserindo a filosofia de "você aí, eu aqui..." nas minhas relações. Morar junto? É algo apavorante para mim. Na verdade, qualquer sinal de que a minha liberdade pode se perder me apavora, me faz entrar em pânico e querer desaparecer – literalmente. Francamente, não consigo imaginar alguém na minha casa me questionando por que na minha geladeira só tem manteiga ghee, chás gelados e produtos orgânicos. Ou por que tenho um armário inteiro só de sapatos, se sempre uso os mesmos. Poucas coisas me irritam tanto quanto ter de dar satisfação da minha vida.

Realmente sou complicada, cheia de regras e manias, com o meu canto, as minhas dúvidas, as minhas vontades. Manias que fui colecionando com o tempo. Sempre me julguei imprevisível e complexa demais para alguém entender. Aí, para não ter que ficar me explicando, preferia ficar sozinha, colecionando relações efêmeras que não deixassem a intimidade dar as caras. Mas isso, por sua vez, também carrega alguns ônus que viraram pequenos traumas. Depois de certa idade, algumas das nossas certezas vão ficando mais claras, assim como algumas dúvidas também vão ficando mais profundas. Estou numa fase de rever a minha vida, de dilemas que não divido com ninguém, pois poucos entenderiam (e porque não sou de ficar me abrindo). O tempo está pesando, me fazendo pensar nas minhas escolhas de vida; será que a liberdade é tão leve assim como eu achei que fosse?

Me lembrando das minhas paixões: Carlos, Bernardo, Antônio, Felippo e vários outros que passaram por esses anos, fico triste por perceber que os perdi. Homens fantásticos

– alguns nem tanto –, que queriam, ou pelo menos aparentavam querer, algo duradouro comigo. E eu, com medo de perder a minha liberdade, os descartava antes que, de certa forma, tivesse que negociá-la. Não permitia uma intimidade maior. E, mais do que isso, para me proteger das minhas decisões, colocava vários defeitos neles. E de "sei lá, não bateu" a "não tem química", de "a gente se fala..." a "não era para ser", perdi companheiros que hoje poderiam me fazer bem. Não perdi paixões, eu as vivi, mas perdi companheiros, perdi amores. Achei que encontraria algo que, sinceramente, nem sei se existe. Talvez, por ter tido todas essas opções, acabei ficando sem nenhuma. Fui juntando a qualidade de cada um deles e montando um personagem que, infelizmente, não existe. E hoje, ainda com tempo de mudar, mas colecionando alguns arrependimentos, estou tentando aprender a olhar a vida de outra forma.

Percebi que a independência e a liberdade que eu tanto queria não são tão bonitas assim. Elas têm um quê de escuridão e vazio. Pode soar antagônico, pois a gente imagina que, com liberdade, tem todas as opções do mundo, e é verdade, mas quem disse que a liberdade também não nos aprisiona, nos transforma num deserto solitário? E de que adianta ter toda liberdade do mundo em um deserto?

Para proteger a minha liberdade, criei uma casca, uma armadura, e não deixei ninguém transpassá-la. É verdade que ela me impediu de sofrer, de ser vulnerável, mas também de ser feliz ao lado de alguém, de aprender a amar. E essa casca está tão rígida que nem eu sei mais como quebrá-la.

Não estou saindo muito; ando numa fase em que as noites de sexta-feira são especiais demais para serem desperdiçadas com bebidas e companhias incertas. Me alimento direitinho, coloco uma música que conversa com as minhas dúvidas ou fico em silêncio, deitada no sofá da sala, que muitas vezes é mais aconchegante do que a minha cama, vejo um filme, daqueles de que só eu gosto, e analiso as minhas escolhas. Pois, apesar de ter consciência do que perdi, não sei se quero nem se estou pronta para ceder. Estou acostumada demais a voar sem ninguém me perturbando. Se você soubesse o quão difícil é ser quem sou...

Sempre pensei que as liberdades conquistadas seriam somente asas e longos voos, mas, com tempo, comecei a questionar de que adiantam asas e longos voos se não temos para onde voltar?

Amor de quatro patas

Gosto muito de caminhar, principalmente nos dias de sol e céu sem nuvens. Sempre tive uma ligação muito forte com o sol, sinto como se ele me trouxesse um ânimo que poucas boas notícias conseguem trazer. A cara, a energia da cidade onde moro ou para qual viajo depende de como o sol se comporta no decorrer do dia; é como se ele fosse o sorriso dela, a maneira como ela te recebe e te faz se sentir bem-vindo. Se a cidade é daquelas em que o céu está sempre cinzento, cheio de nuvens, eu a imagino como uma senhora de idade entristecida com a vida. Caso eu chegue em uma cidade e o sol me dê as boas-vindas, eu a vejo como uma mulher jovem e feliz, com roupas leves e chinelos de dedo.

Durante umas dessas minhas caminhadas ao sol, comecei a reparar nas pessoas que estavam andando com seus cachorros: homens, mulheres, famílias, senhoras idosas andando devagar, jovens musculosos correndo, todos com um ar de felicidade que não se vê no rosto dos que caminham sozinhos. Os animais também não ficavam atrás, embora fossem diferentes entre si, todos estavam aparentemente muito felizes e com a língua de fora (se era de alegria ou sede, eu não sabia identificar, não tenho tanta intimidade com animais). Percebi que as pessoas acompanhadas por cachorros pareciam mais felizes do que as que caminhavam sozinhas. E eu me encaixava nessa segunda categoria. Quem é sozinho sabe que um animal nos dá aquele tipo de amor que a gente finge não precisar, mas que, quando tem, não consegue desgrudar!

Enquanto continuava minha caminhada, escutando Lenny Kravitz nos meus fones de ouvido, fiquei pensando: será que pessoas que gostam de animais mas não os têm são tão felizes como pensam que são? Não que elas não sejam felizes, mas, se tivessem algum bichinho, será que seriam ainda mais felizes? Se isso for verdade, então elas não estão vivendo o auge da felicidade que poderiam sentir, certo? E por que será que pessoas que passeiam com os seus animais são mais sorridentes do que as que caminham sozinhas? Será que os animais despertam o lado mais ingênuo do ser humano e nos deixam mais alegres? Acho que quando estão com seus animais, as pessoas não têm por que omitir as próprias fraquezas, podem ser o que realmente são, sem medo de serem julgadas.

Sempre pensei em comprar ou adotar um cachorro, ou um gato, mas sempre invento uma desculpa: "Não quero me apegar"; "E quando eu viajar, quem vai cuidar dele?"; "Dá trabalho"; "Será que vou dar conta?". Todas essas preocupações fazem sentido, claro; antes de pegar um animalzinho, precisamos checar se damos conta, se estamos dispostos a abrir mão de algumas liberdades para receber esse amor em troca. Mas, no meu caso, sei que são somente desculpas. Sou muito responsável e segura em muitas áreas da minha vida, consigo cuidar de uma empresa sozinha; não faz sentido eu achar que não seria capaz de cuidar de um animalzinho. E por ele eu trocaria minha liberdade.

Mas a verdade é que tenho medo de me apegar e o bichinho morrer. Se isso acontecer, sei que eu ficaria mal por muito tempo. É isso, não tenho um bichinho para me proteger da dor da perda. Eu sei que o amor de um animal é sempre verdadeiro, mas o sofrimento também é.

No entanto, diferente dos relacionamentos que tive e abandonei, eu nunca abandonaria um animal que me olha com tanto amor, nunca. E, com um pouco de vergonha, também me questiono: será que eu saberia retribuir esse olhar com todo o meu amor?

A intensidade me parece um mal da alma

Quem vê o meu silêncio, o meu jeito recluso de levar a vida, não conhece as minhas turbulências. E são tantas. A intensidade sempre me pareceu um mal da alma. Algo que vem e me devora sem perguntar se é bem-vinda. Luto contra ela, procuro a calmaria, mas não consigo achá-la dentro de mim. Por aqui a maré é revolta e o sorriso, de canto de boca. A estatura é baixa, mas o coração é grande, mesmo que, pelo jeito aparentemente frio e desinteressado, pareça que não. Felicidade? Não... Euforia! Medo? Pavor! Tesão? Incontrolável! Viagens? Quantas forem possíveis! Trabalho? Amor incondicional!

A intensidade nunca me pediu licença para dar as caras, e eu também nunca a deixei órfã de atenção. Eu e ela sempre tivemos uma relação de amor e ódio; vivi muitos momentos por causa dela, de sua impulsividade, como também, por seu egoísmo, de não querer ir embora quando necessário, deixei de viver muitos outros.

Nos meus relacionamentos, sempre tive o privilégio, ou a tristeza, de esquecer os outros com facilidade. Parece algo bom, um tipo de superpoder, eu sei, mas está longe de ser isso. Quando a intensidade acabava, parecia que tudo ia embora junto. Mesmo quando ainda restavam coisas ótimas. Como uma droga, eu ficava refém da intensidade, da imprevisibilidade; nunca gostei de nada previsível. E qualquer pessoa inteligente sabe que ninguém vive só de intensidade. Às vezes me pergunto se já amei e me assusto com a resposta. E, quando fui amada, não sei se valorizei como deveria, estava sempre preocupada com o que ainda não havia vivido – e eram tantas coisas. Na verdade, nem sei por que digo isso no passado, se ainda convivo com esses conflitos. Talvez para me proteger da minha autocrítica, vai saber…

Apesar dos pesares, e embora tenha medo, gosto de ser assim. Mas, conforme os anos passam, os fios de cabelo mudam de cor e algumas partes do meu corpo brincam de cair com a gravidade, fico com ainda mais medo. Medo de ficar sozinha, de achar que vivi a vida da forma errada, de ter feito escolhas impulsivas e perdido a beleza do simples, do passageiro ou do eterno.

Não sei por qual motivo carrego comigo essa insanidade, essa instabilidade, essa vontade de viver tudo ao mesmo tempo. Se eu pudesse, sem dúvida, a deixaria pelo caminho, para quem quisesse adotá-la, mas não posso. Sou intensa, mas não no estereótipo das "pessoas intensas". Dizer que você é uma "pessoa intensa" é algo que não soa bem, pelo menos para mim. Não sei, parece que você é uma maluca, alguém que explode e se irrita por qualquer coisinha ou opinião contrária à sua, e quer mostrar ao mundo como é alguém de atitude, e que o mundo, fraco como só ele, não suporta as suas verdades. Verdades essas, na maioria das vezes, torpes, tolas e seguidas daquele olhar prepotente de "o mundo não aguenta uma mulher segura e intensa como eu!". Preguiça! Sou intensa e silenciosa. Não sou de falar alto, ter ciúmes, discutir por qualquer coisa ou dizer a minha sincera opinião para qualquer um que a questionar. Sou intensa dentro de mim, com as minhas decisões e indecisões. A minha relação com a intensidade é confidencial, somente eu e ela sabemos das cláusulas do nosso contrato. Contrato esse que, admito, não me lembro de ter assinado.

Se eu demonstro esses medos para alguém? Jamais! Sou medrosa, não tola. Hoje sei que a intensidade constante é um atestado de um futuro solitário. Ninguém quer conviver com alguém que nunca está satisfeito.

Vivi histórias que dariam um livro, conheci pessoas incríveis, com histórias de deixar qualquer um de boca aberta. Beijei quando tive vontade, abracei e senti saudades, mesmo que, em muitos casos, eu não tenha dito isso. Viajei muito, planejei e realizei viagens que nunca imaginei que faria. Das possibilidades que me surgiram, aproveitei quase todas. Todas as que achei que me fariam feliz. E fizeram. Mas nunca me preocupei com o futuro, e até hoje não sei se fiz certo. Achar uma fórmula para viver é algo difícil demais de lidar. O que aprendi? Que a intensidade é sempre injusta com os amores que tinham tudo para ser lindos e calmos. Às vezes a gente quer mais da vida, mas não atina que a vida, muitas vezes, é só isso mesmo: um hiato entre o nada e o nada, com uns pequenos e breves momentos de felicidade no meio.

A solidão, quando opção, é tão bonita

Bem-sucedida, bonita, inteligente... e sozinha. Uma história triste, se não fosse fácil de prever, levando em conta as escolhas que fiz. Olhar para si, deitada, sozinha, e perceber que, dia após dia, decisão por decisão, quem escolheu a solidão foi você mesma é algo que desce amargo pela garganta. Sabemos aonde a vida vai nos levar se continuarmos assim, mas, no fundo, sempre temos uma esperança de ela nos surpreender, mesmo que a gente não faça nada para mudar. Caso dê errado, coisa do destino... ele sempre é um bom réu.

E foi nessa toada que deixei que o destino mudasse o meu jeito de ser, ou pelo menos suavizasse as minhas imperfeições e ansiedades. Esperei que ele fizesse eu me apaixonar perdidamente, me trouxesse um amor que me livrasse das minhas amarras e me fizesse ter vontade de casar, ter filhos, ser uma boa mãe, quem sabe até pegar gosto pela cozinha e ser... feliz (em família) para sempre. Por mais que eu nunca tenha dado uma mãozinha para o destino nem tenha, de fato, imaginado ou dividido isso com alguém do meu círculo de amigos, no fundo, bem no fundo, eu sempre tive essa esperança, essa vontade; a gente sonha, imagina, mas, se não mudar, os sonhos não irão se realizar num passe de mágica. Bom seria se fosse assim...

Não fico com ninguém faz alguns meses. Não sei, estou sem paciência, sem curiosidade de conhecer as pessoas e ouvir o que elas têm a dizer. Nos últimos dias, parece que me caiu uma ficha que nunca imaginei que poderia cair: estava observando algumas amigas se casando, outras comemorando bodas de papel, de lata ou plástico, sei lá, e mostrando seus álbuns de casamento, algumas tendo filhos, outras levando os filhos para o colégio, para a aula de futebol, inglês, balé... e algo que nunca achei que me afetaria me afetou de uma maneira que eu não esperava. Me bateu um pavor da solidão, de não ter com quem dividir o meu futuro, de trabalhar, trabalhar e morrer sozinha, sem filhos, sem ter criado intimidade com ninguém, de morrer abraçada à solidão por causa de toda essa liberdade e todo esse desprendimento que sempre busquei. Mesmo que eu sempre tenha defendido a tese da solidão.

Para você ter uma ideia, estou escrevendo este texto deitada na minha cama, daquelas enormes e com edredons tão aconchegantes que dão vontade de morar dentro. A minha cama está cheia de coisas em cima, livros, controle remoto da televisão, meu celular, alguns papéis e relatórios do trabalho, fotos antigas... as tralhas na minha cama ocupam mais espaço do que o meu corpo. Minha cabeça? Vazia, solitária, pensativa, com medo e sem vontade até mesmo de trabalhar – coisa difícil de acontecer, você sabe. Já tomei um chá, tomei até um remédio para dormir, mas não achei remédio para a solidão; perdi todos pelo caminho.

Você se lembra dos meus relacionamentos? Eu também.

Ainda me pergunto por qual motivo não consegui me prender a nenhum dos homens que passaram pela minha vida. Enquanto isso, o tempo vai passando, e cada vez mais a solidão me parece uma verdade absoluta, um buraquinho, feito aqueles que ficam nas roupas e a gente vai cutucando com o dedo, mexendo, até virar um buraco de verdade, que nos impede de usar aquela roupa para sair de casa. Nesta história, eu sou a peça de roupa, mas, diferente das roupas, carrego buracos internos que cada dia ficam maiores; não sei mais sair às ruas dos amores.

E assim, devagar, a vida foi chacoalhando as minhas amizades, cochichando feito um diabinho os caminhos que devia seguir, ressignificando e achando defeitos em todos os amores, e, quando me dei conta, estava só. É, estou solitária, mesmo que esteja abraçada a todos os sonhos que me predispus a realizar. Eu sei que escolhi muito e coloquei pré-requisitos demais para ser feliz, mas não quero mais fazer o que faço todas as noites antes de dormir: me questionar sobre isso.

Eu, em pequenas decisões, sempre escolhi a solidão. Não quis ter filhos; não me prendi a nenhum amor por achar que encontraria algo maior, mais intenso, mais visceral (ou por não querer dividir a minha liberdade); sempre optei por morar sozinha, nunca gostei das intempéries de morar com alguém; sempre quis viajar, mudar de cidade, não ter que coabitar com coisas previsíveis; visitava pouco a minha família, meu trabalho sempre me sugou muito; raramente estive presente nos acontecimentos importantes da vida das pessoas que me cercavam; nunca tive paciência para falar ao telefone, muitas vezes via as chamadas perdidas, mas ficava sem paciência de retornar, tirando as vezes que deixei de dizer o que eu sentia para os outros, mesmo que, no fundo, eu os amasse. A minha falta de paciência, hoje, virou a saudade de uma vida que eu poderia ter.

Eu fiz escolhas, nem sempre munida de certezas. E, como disse alguns dias, ou páginas, atrás, vivi histórias que dariam um livro, mas, infelizmente, não sei se um dia terei para quem contá-las. Parece triste. E quem disse que não é? Nós fingimos que não damos bola, preenchemos o vazio com trabalho, com beijos passageiros, mas, antes de nos deitarmos, olhamos para o vazio do teto branco e nos questionamos: será que um dia iremos encontrar esse amor que tanto sonhamos? Não sei...

CONHEÇA TAMBÉM:

Dizem que estamos vivendo uma epidemia da solidão. Mas será que o problema é a solidão ou a forma como enxergamos e vivenciamos o nosso tempo a sós?

Neste livro, Fred Elboni mostra como a solidão é o melhor caminho para o autoconhecimento e para uma vida autêntica e cheia de sentido. Ao compartilhar suas reflexões, ele nos conduz a uma viagem pelos diversos territórios da solidão.

Há sol na solidão é um convite a apreciar o silêncio e encarar o vazio para, assim, descobrir a fonte inesgotável de aprendizado e amor que existe dentro de você.

Saiba mais:

CONHEÇA TAMBÉM:

Nem sempre nos sentimos seguros para expressar quem somos de verdade. Assim, muitas vezes criamos máscaras para ocultar nossa fragilidade e passamos a viver de acordo com o que esperam de nós.

A partir de reflexões e exercícios interativos, Fred Elboni propõe uma conversa franca sobre a importância de abandonar essas máscaras e abraçar as qualidades e os defeitos que nos tornam únicos.

O que os olhos não veem, mas o coração sente traz 21 capítulos sobre temas fundamentais para nos ajudar a viver de forma autêntica, conectados aos nossos verdadeiros gostos, sonhos e desejos.

Saiba mais:

CONHEÇA TAMBÉM:

Coragem não tem nada a ver com pular de paraquedas, falar em público ou enfrentar um adversário poderoso.

Experimentamos a verdadeira coragem quando revelamos o que está dentro de nós e expressamos nossos sentimentos e desejos mais profundos: quando convidamos uma pessoa para sair, dividimos o que sentimos, escolhemos um caminho profissional, defendemos uma causa.

A coragem nos abre para o que realmente importa na vida: conexões baseadas na verdade e no amor.

Mas como ser verdadeiro e vulnerável nesse mundo de perfeccionismo, cobranças e comparações constantes?

Este é o tema deste livro.

Saiba mais:

Publicado por Maquinaria Editorial.

Impresso em Pólen Bold 70gm² na gráfica Viena em outubro de 2025.